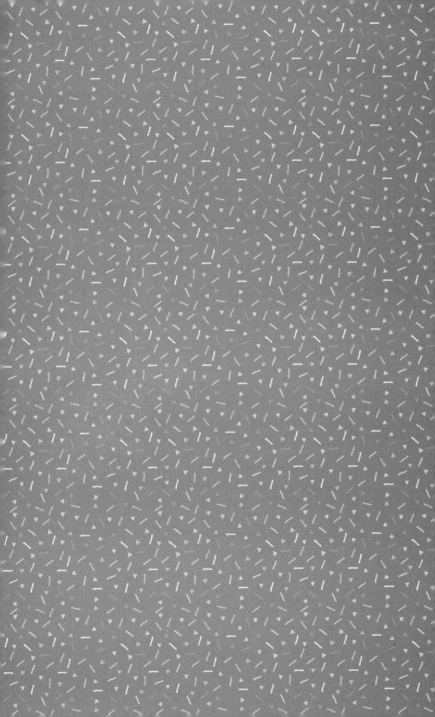

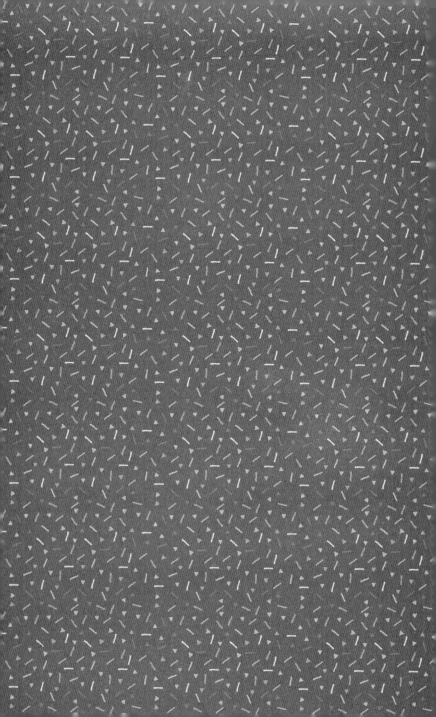

월요일 아침이 두렵지 않은 직장인 책 쓰기

월요일 아침이 두렵지 않은 직장인 책 쓰기

조형근

Contents

Contents

머리말

저는 직장인입니다. 동시에 다섯 권의 책을 출간한 작가입니다. 낮에는 일을 하고 밤에는 글을 씁니다. 이 책은 책을 쓰고 싶은 직장인, 어떻게 책을 써야 할지 몰라 막막한 직장인을 위한 책입니다.

취직을 하고, 결혼을 하고, 자녀를 가진 뒤 즐길 수 있는 취미활동은 별로 없었습니다. 마음놓고 텔레비전을 보기도 힘들고 친구를 만나기도 어려워졌습니다. 시간을 보내기 위해 영어 공부하는 척 하기도 하고 유튜브에 접속해서 철 지난 예능프로그램을 보기도 했습니다. 하루하루 무의미한 날을 보낼 때가 많았습니다. 직장생활은 필요했지만 무료했습니다. 정신연령은 대학 졸업할 때와 같은데 나이만 먹고 있었습니다. 눈 깜짝할 사이에 한 달이 지나고 일 년이 지났습니다. 얼마 전에 내년 사업계획을 작성한 것 같은데, 또 내년 사업계획을 작성하고 있었습니다.

다람쥐 쳇바퀴 도는 회사생활에 단비가 되어준 건 책 쓰기였습니다. 책을 쓸 때는 직장인이 아니라 자연인이 되었습니다. 회사 업무를 마무리하고 퇴근길에 글을 쓰면서 살아있다는 걸 실감했습니다. 새벽 5시에 눈이 번쩍 떠질 때는 희열이 느껴졌습니다. 글을 쓰고 책 쓰기에 도전하면서 직장에서 채울 수 없는 만족과 보람을 느꼈습니다.

책 쓰기가 만만한 일은 아닙니다. 책 한 권 분량을 채울만한 지식, 경험, 상상력이 필요하고 이를 글로 정리하는 기술을 겸비해야 합니다. 분량을 채워서 글을 썼다고 한들 출판사의 선택을 받지 못할지도 모릅니다. 책을 출간했다고 해서 베스트셀러가 되는 것도 아닙니다. 지금도 수많은 책이 출간되고, 서점에 수북이 진열돼 있지만 대중의 관심을 받는 책은 일 년에 몇 권 되지 않습니다. 책 쓰기에 들인 시간,

노력, 열정에 비해 금전적으로 얻는 건 그다지 크지 않을 가능성이 높습니다.

그럼에도 책 쓰기를 권합니다. 쓰기도 힘들 뿐더러 출간한다고 해서 돈을 많이 버는 것도 아닌데 말입니다. 책 쓰기의 본질은 돈벌이나 유명세를 얻는 게 아닙니다. 인세를 받고, 강연을 요청받는 건 책 쓰기의 부수적인 행운입니다. 책을 쓰는 이유는 나를 응시하고 어루만지기 위해서입니다.

책 쓰기는 불투명한 내 마음을 선명하게 만듭니다. 글을 써야 내가 무엇을 알고, 무엇을 모르는지 정확하게 알게 됩니다. 내가 아는 것도 남에게 설명할 수 있을 정도로 알고 있는 건지, 어렴풋이 알고 있는 건지 파악하게 됩니다. 내가 왜 화가 났는지, 무엇이 마음에 들지 않았는지, 왜 그렇게 행동했는지 이해하게 됩니다. 앞으로 어떻게 살아야 하는지 깨닫게 됩니다. 책 쓰기는 성장의 발판이 되는 디딤돌입니다.

바쁜 일상, 수많은 정보가 스쳐지나가는 현실 속

에서는 외부의 정보를 받아들이고 판단하기에도 벅찹니다. 상사에게 꾸중을 듣고 옆 부서 직원과 입씨름을 하고 동료, 후배와 소주잔 부딪치다 보면 온전히 나를 챙길 시간은 없습니다. 나를 봐야 하는데 남만 봅니다. 주어진 과업을 수행하기에도 벅찬 하루하루, 직장인에게 나를 들여다보는 건 사치일지도 모릅니다.

눈코 뜰 새 없이 바쁜 일상을 보내는 걸 알기에 더책 쓰기를 권합니다. 가끔은 남 대신 나를 바라봐야합니다. 내 눈은 마음을 보지 못합니다. 남의 얼굴을 보고, 회사 건물을 보고, 내 껍데기를 봅니다. 책 쓰기는 눈으로 보지 못하는 내 마음을 살피는 행위입니다. 마음 한 구석에 흉터가 있는지, 어떤 일로 고민하는지, 진짜로 바라는 게 뭔지 들여다봅니다. 어떤 주제로 책을 쓰든 상관없습니다. 어떤 글이든 쓰고 또 쓰면 결국 내 마음 끝에 가닿습니다.

책 쓰기는 일상 속 쉼표입니다. 비바람에 휩쓸리는 건 회사에서도 충분합니다. 퇴근한 뒤에는 나를 바라보는 시간을 가지세요. 마음을 가라앉히고 나를 지긋이 바라보세요. 태풍의 외곽에서 태풍의 눈으로 들어오세요. 키보드에 손가락을 올리는 순간 마음으로 향하는 여행이 시작됩니다.

책 쓰기에 필요한 단 한 가지 요소는 끝까지 해내겠다는 의지입니다. 필력보다 심력이 중요합니다. 바쁜 일상에 치이는 직장인이라 더 그렇습니다. 몸이 파김치가 되어도, 정신적인 여유가 없어도 꾸준히 글을 써서 책을 만들겠다는 의지. 의지만 갖추면 책을 쓸 수 있습니다.

이 책을 펼쳤다는 것만으로도 책 쓰기의 절반은 이루었습니다. 책 쓰기에 호기심이 생겼다는 뜻이니까요. '내가 책을 쓸 수 있을까?'를 '나도 한번 책 써야겠다.'로 바꾸십시오. 의지만 뚜렷하면 됩니다. 어떻게 글 쓸 시간을 만들어야 하는지, 좋은 글을 쓰는 방법은 무엇인지, 책 쓰기 과정은 어떤 단계로 이루어지는지. 이제 책을 읽고 실마리를 얻으시기 바랍니다. 그리고 책을 덮는 순간, 아니 책을 읽는 도중이라도 문서 작성 프로그램을 실행해서 글을 쓰기 시작한다면, 저자로서 더할 나위가 없겠습니다.

PART

1

일하기×책 쓰기,
직장 다닐 때
책을 쓰세요.

1

책 쓰기,
버킷리스트 단골손님

책 쓰기를 버킷리스트로 삼는 직장인이 많습니다. 책을 써서 대박을 터뜨리고 팀장 얼굴에 사표를 던지는 상상을 하면서요. 내 책을 서점에서 발견하는 기쁨, 내 손끝으로 만든 책 한 권 소유하고 싶은 마음. 누구에게나 있을 겁니다.

책 쓰기를 실천에 옮기는 사람도 있지만 그저 생각에만 그치는 사람도 있습니다. 막상 실천에 옮겼다 하더라도 쓸 내용이 없어서, 책 한 권의 분량을 채우기 힘들어서 도중에 포기하는 사람도 있을 겁니다.

책 쓰기, 특히 직장인 책 쓰기는 쉬운 일은 아닙니다. 쉽게 이룰 수 있는 목표라면 버킷리스트라고 하지 않겠지요. 끝이 보이지 않아 아득히 멀게만 느껴지지만 언젠가 닿고 싶은 장소 같을 겁니다. 책을 쓰겠다는 꿈을 품은 채 오늘도 상사에게 꾸중을 듣고, 거래처 담당자에게 사정합니다. 바쁜 나머지 딴 생각할 겨를이 없지만 가끔 책을 쓰고 싶다는 생각이 들 때가 있습니다. 꼭 이루고 싶은 책 쓰기, 책을 쓰면 과연 무엇이 달라질까요? 책을 출간하면 거액의 인세 수입을 벌고 빗발치는 강의 요청을 받아 돈방석에 앉을 거라고 생각하나요?

간혹 베스트셀러를 출간해서 하루아침에 유명 작가가 되는 사람도 있지만 이런 일은 희박합니다. 인세는 많아야 한 달에 십 만원밖에 되지 않을 수도 있고, 어쩌면 내 돈을 들여 책을 출간해야 할지 모릅니다. 책을 팔아서 버는 돈보다 책을 만드는 데 드는 돈이 더 많을 수도 있습니다.

✏️ 책을 쓰는 진짜 이유

책을 써서 돈을 벌겠다는 생각은 마음 한쪽 귀퉁이에 고이 모셔두세요. 글을 쓰고 책을 내서 일상생활이 가능할 만큼 충분한 돈을 벌기는 어렵습니다. '언젠가 그렇게 되고 말거야!' 정도로 남겨두세요.

돈벌이가 안 되는데 왜 책을 쓰라고 권유하느냐고요? 책 쓰기는 새로운 삶으로 안내하는 지름길이기 때문입니다. 책 쓰기는 내면을 단단하게 만들어줍니다. 인세, 강의 수익은 덤입니다. 글을 쓰고 책을 만드는 행위는 그 자체로 고결한 일입니다. 마음을 들여다보고, 내 속에 감춰둔 말을 드러내 손가락으로 한 글자씩 눌러 쓰는 일입니다. 내가 무엇을 좋아하고 무엇을 싫어하는지 알게 됩니다. 앞으로 어떻게 살아야 할지 청사진을 그리게 됩니다. 새로운 꿈을 꾸게 됩니다. 보이지 않는 것이 보이고, 들리지 않는 것이 들리게 됩니다. 모두 책 쓰기를 통해서 이룰 수 있는 일들입니다.

책 쓰기, 그저 버킷리스트로 남겨두기에는 아쉽

습니다. 버킷리스트라는 단어에는 꼭 이루겠다는 강렬한 뉘앙스가 느껴지지 않습니다. 이루어지면 좋고 이루어지지 않아도 괜찮은 것처럼 느껴집니다. 버킷리스트라는 단어로는 부족합니다. 생존을 위해 책을 써야 합니다.

마음만 먹으면 누구나 글을 쓰고 책을 출간하는 시대입니다. 글을 쓰는 데 드는 비용은 0원에 가깝습니다. 노동력만 투자하면 됩니다. 한 글자, 한 글자씩 채워나가겠다는 의지만 있으면 누구나 책을 쓸 수 있습니다. 버킷리스트를 버킷리스트로 남겨둘지 아니면 현실로 실현시킬지는 오로지 내 의지에 달려 있습니다.

제가 직장을 다니면서 책을 출간한 것처럼, 당신도 직장을 다니면서도 책을 쓸 수 있습니다. 오히려 직장인이기에 유리한 점도 있습니다. 내가 몸담은 분야에서 나보다 자세하게 아는 사람은 없습니다. 마케팅, 기획, 연구개발, 판매, 분석, 서비스 등 영역을 막론하고 내가 하는 일을 기록으로 남기면 한 권의 책을 출간할 수 있습니다.

업무와 관련 없어도 괜찮습니다. 취미, 특기를 살려 책을 써도 됩니다. 지금껏 살아오면서 좋아했던 일, 관심을 둔 것을 쓰면 됩니다. 1인 다부캐 시대입니다. 내가 할 수 있는 일에 한계는 없습니다. 책 쓰기도 마찬가지입니다. 목표는 달성하기 위해 있습니다. 버킷리스트에 담겨 있는 책 쓰기라는 작은 돌멩이를 집어 드세요. 돌멩이를 꽉 움켜쥐고 하늘 높이 넌시세요. 돌멩이를 딘지는 자민이 과실을 떨어뜨릴 수 있습니다.

2

명함 대신 책

　금요일 저녁, 토요일, 일요일이 순식간에 지납니다. 다시 월요일이 됩니다. 아침 단잠을 깨우는 알람을 끄는 순간부터 짜증이 납니다. 떠지지 않은 눈을 비비며 억지로 샤워를 합니다. 회사에 향하는 발걸음이 무겁습니다. 오전 9시 팀 주간회의, 10시 소그룹 회의, 11시 타부서와 회의. 회의의 연속입니다. 오후는 외근입니다. 허겁지겁 점심을 먹고 거래처 담당자를 만나기 위해 직장을 나섭니다.

　업무 담당자를 만납니다. 어색한 인사를 주고받고 업무노트 앞표지를 펼칩니다. 업무노트에 꽂힌 종이 한 장을 꺼내서 상대방에게 내밉니다. 어색한 손에 쥐고 있는 종이는 명함입니다. 상대에게 명함을 건네며 내가 어느 회사에서 무슨 일을 하는지 소개합니다. 나도 상대에게 명함을 받습니다. 한 번 받은 명함을 다시 볼 일은 거의 없습니다. 의례적으로 명함을 주고받으며 인사를 나눕니다.

신입사원 교육을 마치고 부서로 배치되던 날. 마치 훈련병 생활을 마치고 자대에 향하는 이등병이 된 기분이었습니다. 모든 게 낯설고, 생경하고, 설레는 시간. 바쁘게 울려대는 전화벨 소리와 선배들이 주고받는 외계어를 들으며 쭈뼛쭈뼛 자리에 앉았습니다. 며칠 뒤 제 자리에는 손바닥만 한 플라스틱 박스가 놓여 있었습니다. 명함이었습니다. 그날 이후 제 이름 앞에는 회사명이 붙었습니다. 조형근이 아니라 ○○회사 ○○팀 조형근이 되었습니다.

✒️ 책 쓰기로 얻는 프리미엄

명함은 짧은 시간에 내가 어떤 사람인지 드러내는 자기소개서이자 사회생활의 무기입니다. 상대방은 내 명함을 보고 매니저님, 책임님, 과장님이라고 불러줍니다. 종이 한 장으로 나를 알릴 수 있다니 참 편리합니다.

책을 쓰면 명함이 한 장 더 생깁니다. 어느 직장의 누구라는 수식어에서 작가 아무개로 변신합니다. 누군가를 만나서 명함 대신 책을 선물할 수 있습니다. 내가 쓴 책은 내가 어떤 것에 관심을 두고 있는지, 무엇을 좋아하는지, 나라는 사람이 어떤 사람인지 오롯이 드러냅니다. '나는 어떤 직장에 다니고, 직급은 무엇이고, 어떤 일을 하는 사람이다.'가 아닌 '나는 무슨 책을 쓴 사람이다.'라고 소개할 수 있습니다. 경제학 책을 쓰면 경제학 도사라고 불릴 수 있고, 영어 책을 쓰면 영어 달인이라는 이미지를 줄 수 있습니다. 한 권의 책을 썼다는 건 그 분야에서 일정 수준 이상의 경지에 올랐다는 것을 뜻합니다. 프리미엄이 붙습니다. 사람들이 나를 찾습니다. 전문가로 인정받게 됩니다.

최옥정 작가는 《2라운드 인생을 위한 글쓰기 수업》에서 이야기합니다. "요즘 퍼스널 브랜딩이라는 말이 유행한다. 나를 하나의 브랜드로 만들자는 캐치프레

이즈다. 그것에 가장 적합한 것이 책을 내는 것이며 그 때부터 그 책이 내 명함 역할을 한다. 나 역시 책을 '고급 명함'이라고 얘기한다. 책을 내는 순간 나에게는 책이 명함이다. 이 명함은 내가 스스로 만들어낸 것이다."

책을 쓰면 △△전자 무선사업부 책임연구원에서 스마트폰 작동 원리 개론서를 집필한 책임연구원이라고 소개할 수 있습니다. 상대방이 나를 바라보는 눈빛이 달라집니다. 하루에도 수많은 사람을 마주하는 사회생활에서 남에게 나를 각인시키기란 보통 힘든 일이 아닙니다. 애꿎은 명함을 아무리 뿌려대도 상대에게 뚜렷한 인상을 심어주지 못하면 종잇조각에 불과합니다. 책은 상대에게 나를 각인시키는 강력한 무기입니다. 상대와 인사를 나누며 두 장의 명함을 내미세요. 한 장은 회사의 명함, 다른 한 장은 내 책입니다.

3

직장인의 한계를
산산조각 내는 책 쓰기

평생직장이 없어졌습니다. 잡코리아의 설문조사
에 따르면 신입사원부터 10년차 이상의 직장인 총
1397명 중 이직 경험이 있는 직장인이 90.7%에 달
했습니다. 10년차 직장인의 이직횟수는 평균 4.0회
였습니다. 햇수로 계산하면 2.5년에 한 번씩 직장을
옮긴 셈입니다. 1980년, 90년대에 입사만 하면 정
년을 보장해주던 기업은 IMF라는 진통을 겪으며 구
조조정을 단행했습니다. 이제 회사에서 내 밥벌이를
보장해주지 않는다는 인식이 사회에 자리 잡았습니
다. 회사의 경영이 힘들어지면 내일 당장이라도 다
른 직장을 알아봐야 합니다.

1980년대부터 2000년대 태어난 세대를 칭하는

MZ 세대는 직장 안에서 자신의 정체성을 찾지 않습니다. 직장 밖에서 나를 가꿉니다. 직장은 더 이상 나의 자아 발전, 만족을 위한 장소가 아닙니다. 내가 하고 싶은 것을 하기 위해 돈을 버는 장소로 바뀌었습니다. 저도 10년 전 입사할 때만 해도 회사에 뼈를 묻겠다, 적어도 임원까지 승진하겠다고 다짐했습니다. 그 다짐이 무너지기에는 오랜 시간이 걸리지 않았습니다. 지금은 일과 여가 사이에서 어떻게 하면 균형을 잡아야 할지 고민합니다.

자의든, 타의든 직장을 옮겨야겠다는 생각이 들 때가 있습니다. 경력을 쌓기 위해서, 연봉을 올리기 위해서, 출퇴근 시간을 줄이기 위해서, 가족과 오랜 시간을 보내기 위해서 말이죠. 책 쓰기는 직장을 옮겨야 하는 순간, 새로운 일을 시도하려는 순간 내 등을 받쳐줄 것입니다.

✒ 책 쓰기로 증명하는 역량

한 권의 책을 집필했다는 것은 해당 분야에 대해 깊이 고민하고 생각과 이론을 정리했다는 증거입니다. 하나의 주제로 책 한 권 분량을 쓰려면 충분한 지식을 쌓아야 함은 물론이고, 알고 있는 것을 남에게 이해하기 쉽게 간추릴 줄 알아야 합니다. 아무리 똑똑하고 해박한 지식을 지니고 있어도 다른 사람에게 설명하지 못한다면 지식으로서 가치가 떨어집니다. 책 쓰기는 지식을 드러내는 수단이자, 지식을 명쾌하게 정리했다는 것을 보여주는 바로미터입니다. 이직을 위해 자기소개서를 쓸 때 내 책을 소개하세요. 옮기려고 하는 직장에서 요구하는 역량에 관한 책을 썼다면 금상첨화입니다. 당신의 능력을 높이 살 것입니다.

책을 쓰면 다양한 기회가 찾아옵니다. 책을 통해 서점에서, 도서관에서, 인터넷에서 무료로 나를 홍보합니다. 전국 어디에나 영향을 미칠 수 있습니다. 책 쓰기의 가장 좋은 점은 내 책에 관심을 가진 도서관이나 외부기관으로부터 강의 요청을 받는 것입니다. 한 시간 강의에 몇 십만 원의 강의료를 받으면서 나를 홍보하고 내 지식의 가치를 인정받을 수 있죠. 강의 요청을 받고, 강의를 하는 것은 또다시 성장의 발판이 됩니다. 역량이 올라갑니다. 새로운 사업의 아이디어를 얻습니다. 내 책은 나라는 사람의 가능성을 발굴합니다.

직장인 신분으로 새로운 도전을 하고 미지의 영역에 발을 담그기는 쉽지 않습니다. 가정환경, 현실적인 조건에 제약받기 십상입니다. 책을 쓴다고 하루아침에 유명해지거나 물밀듯이 강의 요청을 받는 건 아닙니다. 책을 쓰기 전과 차이가 없을 수도 있습니다. 하지만 책을 쓰지 않으면 새로운 분야로 전진할 수 없습니다. 책을 쓰면 실낱같은 가능성이라도 생기지만 책을 쓰지 않으면 아무것도 변하지 않습니다.

직장생활이 답답한가요? 사무실에서 무슨 일을 해야 할지 감이 오지 않나요? 내가 할 수 있는 일, 내 안에 감춰진 가능성을 찾기 위해 책을 쓰시기 바랍니다.

4

업무 스트레스,
책 쓰기로 부수기

좋아하는 일을 하면 스트레스가 풀립니다. 월요일 아침 억지로 몸을 일으키고, 출근 지옥을 뚫고, 사무실까지 가는 길은 고역입니다. 일을 시작하기도 전에 녹초가 됩니다. 커피 한 잔으로 몸을 녹인 다음 정신 차리고 일을 시작합니다. 퇴근할 때까지 꾸역꾸역 처리하는 일은 모두 스트레스로 돌아옵니다. 화장실 갈 시간까지 아껴가며 일합니다. 퇴근길 밤하늘을 올려다보면 왜 이러고 사나 싶은 생각이 듭니다. 나도 모르게 깊은 한숨이 나옵니다.

직장을 다니며 즐거울 때도 있겠지만, 힘들 때가 더 많은 까닭은 무엇일까요? "남의 돈을 벌기는 원래 어렵다."고들 하지만 일이 힘든 이유는 어쩔 수 없이

해야 하기 때문입니다. 일을 하지 않으면 돈을 벌 수 없고, 돈을 벌지 않으면 일상적인 생활을 영위할 수 없습니다. 금수저로 태어나거나 로또에 당첨된 게 아니라면 돈을 벌어야 자녀와 치즈 돈가스도 사먹고 연인과 영화를 볼 수 있습니다. 돈을 벌어야 하는 건 필수불가결한 일입니다. 족쇄에 묶인 듯 축 처진 몸을 이끌고 회사에 향할 수밖에 없습니다.

✐ 책을 쓰면 즐거워진다.

취미는 어떤가요? 똑같은 일을 하더라도 어쩔 수 없이 해야 하는 사람과 좋아서 하는 사람의 마음가짐은 천지차이입니다. 자발적으로 무언가를 하는 사람은 그 일을 통해서 스트레스를 받지 않고 스트레스를 해소합니다. 축구 선수에게 시합은 스트레스로 다가오겠지만 조기축구 동호회 회원에게 축구는 스트레스를 해소하는 통로입니다. 백댄서에게 춤을 추는 건 스트레스 받는 일이겠지만 댄스 동호회 회원에게는 땀을 흘리며 스트레스를 푸는 창구입니다. 아무에게도 구속받지 않고 하고 싶은 일을 스스로 결정하고 즐기는 것은 내 마음에 휴식을 줍니다.

　책 쓰기는 제게 스트레스를 푸는 방법입니다. 아무도 제게 책을 쓰라고 강요하지 않습니다. 글을 쓰고 쓸거리를 찾는 건 신나는 일입니다. 회사일로 힘들 때마다 컴퓨터를 켜고 키보드 위에 열 손가락을 올립니다. 집밖에서 스마트폰 메모장을 실행하고 두 엄지손가락을 이용해서 글을 쓰기도 합니다. 하얀 화면을 물끄러미 보다가 조심스럽게 글을 써내려갑니다. 한 글자씩, 한 문장씩, 한 단락씩 글을 쓰다 보면 어느덧 회사에서 있었던 일을 까맣게 잊습니다. 부정적인 생각이 서서히 사라지고 책 쓰기에 몰입합니다. 책 쓰기는 눈, 손, 머리, 가슴을 모두 활용하는 고도의 정신 운동입니다. 쉴 틈 없이 생각을 생산, 배열하고 글로 정리하는 데 잡념이 파고들 틈은 없습니다. 책 쓰기에 몰두해서 2,000자에 달하는 꼭지 분량을 채우는 순간, 스트레스가 없어집니다. 책 쓰기는 내 가치를 올려줍니다. 내 안의 가능성을 확장시켜줍니다. 인세 수익을 벌면서 스트레스까지 해소할 수 있다니. 일석사조입니다.

시인이자 수필가인 최복현 작가는 《닥치고 써라》에서 말합니다. "글쓰기를 시도해 보자. 못 쓰면 못 쓰는 대로, 그리고 자신이 쓴 글에 만족하자. 뿌듯함을 느끼자. 그것이 그 어느 보약보다, 우울증 치료약보다 효력이 있음을 체험할 것이다. 아름다운 한 문장의 발견, 마음에 드는 글 한편, 내 생각으로 이룬 그 아름다운 작업이 나를 즐겁게 한다. 아주 행복한 잠을 이룰 수 있을 만큼."

14년차 경찰 황미옥 여경도 저서 《대한민국 경찰 글쓰기 프로젝트》에서 책 쓰기의 치유효과에 대해 언급했습니다. "내 일상, 경험에 관해 쓰면서 나를 이해하기 시작했다. 글을 써가면서 내가 글을 쓰는 이유가 핏빛보다 선명해지고 있었다. 나는 살려고 글을 쓰고 있었다. 내 안에 담긴 화, 울분을 글로 풀고 있었다. 다른 삶이 아닌 백지 속에 나를 담는 행위가 내 삶을 재해석하고 있었다. 매일 쓰는 글로 인해 나는 재탄생했다. 걱정이 아닌 지금의 모습을 행복하게 담고 있었다."

책 쓰기는 업무 스트레스를 해소해줄 뿐 아니라 마음의 화를 없애는 효과가 있습니다. 책 쓰기를 취미로 삼아보세요. 글을 쓰며 스트레스를 푸는 하루. 상상만 해도 즐겁지 않나요?

5

자존감, 자신감
두 마리 토끼 잡기

우리나라 헌법은 표현의 자유를 허락합니다. 내가 하고 싶은 말을 누군가에게 전달하려는 건 인간의 기본 욕구입니다. 내가 알고 있는 것, 내가 본 것, 내가 느낀 것을 타인과 공유하려는 건 인간의 생존 본능입니다. 우리는 서로의 생각과 감정을 말로, 문자로, 음악으로, 그림으로, 행위 예술로 표현합니다. 표현 방법은 다르지만 마음속에 꽁꽁 감춰둔 무언가를 세상에 드러내는 측면에서 모두 똑같습니다.

시인 에릭 헨슨은 〈아닌 것〉에서 읊습니다. "당신의 나이는 당신이 아니다. 당신이 입는 옷의 크기도, 몸무게와 머리 색깔도 당신이 아니다. 당신의 이름도 두 뺨의 보조개도 당신이 아니다."

내 얼굴, 내 목소리, 내 발 크기, 내가 차고 있는 손목시계는 내가 아닙니다. 내 말투, 내 생각, 내 눈빛, 남의 말을 듣는 내 모습이 나입니다. 생각을 글로 옮기면 책이 됩니다. 책은 내가 어떤 사람인지 보여줍니다. 내가 좋아하는 것을, 내 생각을 글로 쓰면서 나를 발견하고 자존감을 지킬 수 있습니다.

책 쓰기는 무의식에 존재하는 걸 언어의 형태로 끄집어내는 일입니다. 표현하고 싶은 욕구를 충족시키는 일입니다. 내가 아는 것을 전파하고, 공유하는 일은 언제나 즐겁습니다. 내 감정을 표현하는 훈련이 됩니다. 하고 싶은 말을 하니 자신감이 생깁니다.

✐ 책 쓰기는 나를 바로 세우는 일

한 권의 책을 이루는 첫 원고, 초고(草稿)를 쓰는 데는 빠르면 1개월, 길면 6개월이 걸립니다. 오랜 시간 꾸준하게 집중해서 글을 써야 초고를 쓸 수 있습니다. 하루에 한 시간씩 투자해서 1,000자를 쓴다고 가정하면 100일 동안 꾸준히 1,000자씩 써야 100,000자 분량의 원고를 쓸 수 있습니다. 100,000자를 책으로 만들면 200페이지 정도 되는 분량입니다. 글을 꾸준히 쓰고, 책이 될 만한 분량을 채울 때까지 포기하지 않고 글을 써야 합니다. 초고를 완성하는 순간 가슴이 벅차오릅니다. 무엇이든 할 수 있겠다는 생각이 듭니다. 이루 말할 수 없는 성취감에 휩싸입니다. 한 권의 책을 완성하는 성취감은 어디에서도 경험할 수 없는 소중한 자산이 됩니다.

본인을 평범한 직장인이라고 말하는 김태윤 작가는 《작가는 처음이라》에서 글쓰기를 통해 자신감을 회복하라고 당부합니다. "지금 직장에서 위기를 겪고 있다면, 코로나로 누구보다 먹고사는 문제에 심각한 위기가 왔다면, 내 삶에 자신감이 없다면 지금이 바로 글을 써야 할 때. 나와 우리를 위로해 주고 다시 세울 수 있는 건 결국 자신밖에 없다. 내 안의 것들을 모조리 끄집어내 글로 풀어보자. 그 과정에서 자신을 치유할 수 있다. 결국 글쓰기는 '나를 사랑하는 행위'이기 때문이다."

책 쓰기는 자존감과 자신감을 동시에 키우는 일

입니다. 상사에게 혼나고, 옆자리 동료의 승진을 바라보면서 자존감과 자신감이 떨어졌나요? 그럴 때일수록 책 쓰기를 추천합니다. 글을 쓰면서 잃어버린 자존감과 자신감을 되찾으세요. 책 쓰기가 가슴 한편에 웅크리고 있는 자존감과 자신감을 찾아줄 겁니다.

일하기×책 쓰기, 직장 다닐 때 책을 쓰세요.

6

책 쓰기는 애니원에서
온리원으로 향하는 활주로

책을 쓰면 해당 분야 전문가의 반열로 올라섭니다. 책을 쓰기 위해서는 250페이지에 달하는 분량의 지식, 경험, 노하우가 필요합니다. 나와 같은 분야에서 먼저 출간된 책을 읽고 공부해야 합니다. 앞선 사람의 생각을 내 관점에서 다시 바라보고 내 이론을 정립해야 합니다. 남의 것을 배워 내 것으로 소화하고 이를 다른 사람이 이해하기 쉽게 정리하고 표현하는 과정은 훌륭한 공부입니다. 심지어 누가 시킨 것도 아닙니다. 내가 스스로 하고 싶어서 하는 일이기에 끊임없이 동기부여가 됩니다. 학습 효과가 2배, 아니 3배 이상 높아집니다.

주변에 책을 쓴 동료나 지인이 있나요? 그 사람

을 보면 어떤 생각이 드나요? '대단하다, 저 사람은 책을 썼으니 똑똑하겠지? 나도 저 사람처럼 책을 쓰고 싶다.'라고 생각한 적이 없나요? 저자 = 전문가라는 공식이 나도 모르게 뇌리를 스친 겁니다. 맞습니다. 책을 쓰려면 해당 분야의 전문가가 돼야 합니다. 250페이지 분량의 글을 쓸 수 있을 정도로요. 그렇게 공부하면 전문가가 될 수밖에 없습니다. 전문가가 책을 쓰는 게 아니라 책을 써서 전문가가 됩니다. 책 쓰기는 내 영역을 공고히 만드는 최고의 자기계발입니다.

한국지질자원연구원에서 근무하는 최병관 연구원은 《과학자의 글쓰기》에서 어떤 소재로 책을 써야 하는지 조언합니다. "책의 소재는 자기가 가장 잘 아는 분야면 된다. 그걸로 충분하다. 다른 사람이 같은 소재로 책을 썼다고 해도 상관없다. 해당 분야에서 일하고 지켜보면서 쌓아온 많은 이야깃거리가 분명 있을 것이다. '하늘 아래 완전히 새로운 책이 어디 있겠어?'하는 대담하고 무모해 보이는 자세도 필요하다."

마케팅 분야에서 일하고 있나요? 직장에서 쌓은

홍보, 기획 노하우를 살려 책을 써보세요. 인사, 노무 분야에서 일하고 있나요? 우수한 인재를 모집하고 그들이 역량을 발휘하게 만드는 방법을 엮어보세요. 연구개발 분야에서 일하고 있나요? 값싸고 품질 좋은 제품을 만드는 방법을 다듬어보세요. 물론 직장인이라고 해서 종사하고 있는 업무 영역에 한정해 책을 써야 하는 건 아닙니다. 다른 사람보다 더 좋아하고 잘하는 게 있다면 그것을 주제로 삼아 책을 써보세요. 자전거 타는 것을 좋아하면 자전거를, 수영을 좋아하면 수영을, 골프를 좋아하면 골프에 관한 이야기를 글로 써보세요. 책을 쓰면 쓸수록 해당 분야에 관심은 깊어집니다. 지식이 축적되고 해당 분야의 전문가로 등극합니다.

책 쓰기는 책이라는 물건을 만드는 데에도 의미가 있지만 책을 쓰기 위해 공부하는 과정이 더 큰 의미를 지닙니다. 내가 좋아하고 잘하는 분야를 깊숙이 파고드는 집념, 포기하지 않는 끈기를 길러줍니다. 노력한 시간은 달콤한 열매가 되어 나를 누구보다 높은 자리로 일으켜 세워줍니다.

한 분야에서 우뚝 서고 싶은 발판을 마련하고 싶나요? 당신이 누구보다 뛰어나다는 걸 증명하고 싶나요? 책을 쓰세요. 책을 쓰기 위해 공부하세요. 내 생각이 맞는지, 틀렸는지 다른 사람의 책을 통해 점검하세요. 그리고 내 생각을 독자에게 전달하기 위해 정리하세요. 책 쓰기는 당신을 평범한 직장인에서 특별한 직장인으로 만들어 줄 것입니다.

7

책 쓰기로 업무 역량 200% 발휘하기

책 쓰기는 업무 역량을 높여줍니다. 책을 쓰기 위해 공부해야 하니 당연히 역량이 높아집니다. 실질적인 업무 능력은 물론 부가적으로 얻는 능력이 있습니다. 바로 내 생각을 남에게 정확히 전달하는 글쓰기 능력입니다.

직장의 일은 다른 사람과의 소통으로 이루어집니다. 내가 혼자서 판단하고 결정할 수 있는 일은 많지 않습니다. 회의, 협의, 토론, 보고, 즉 소통을 통해 의사결정을 합니다. 여러 부서 구성원과 머리를 맞대고 무엇이 가장 효율적인지를 쉴 새 없이 따지고 재는 게 직장의 일입니다. 같은 현상을 봐도 부서마다 다르게 생각합니다. 원가 부서는 제품을 저렴하게 만드는 데 초점을 둡니다. 품질 부서는 제품이 고장 나지 않고 오래 쓸 수 있는 방법을 궁리하죠. 부서의 목표가 다르기 때문에 한 부서만 일방적으로 이득을 보는 의사결정은 없습니다. 소통을 통해 서로 한 발씩 양보하고 타협해야 합니다.

직장에서 의사소통하는 인체 도구에는 두 가지가 있습니다. 입과 손입니다. 입으로 하는 의사소통의 대표적인 방식은 회의입니다. 손으로 하는 의사소통의 대표적인 방식은 메일 쓰기입니다.

직장인은 하루에 수십 통의 메일을 읽고 씁니다. 메일을 읽고 핵심을 파악한 다음 상대방의 기분을 고려하며 요구사항을 글로 전달해야 합니다. 메일을 어떻게 쓰느냐가 협조를 받을 수 있느냐 없느냐와 직결되기도 합니다. 예쁜 말을 하는 사람은 예뻐 보이고 못난 말을 하는 사람은 못나 보입니다. 입에서는 사람의 성격이 드러나지만 글에서는 사람의 품격이 드러납니다.

✐ 읽는 사람을 배려하는 글쓰기

　책 쓰기는 읽히는 글을 쓰는 것입니다. 쓰고 싶은 글을 쓰는 게 아닙니다. 아무도 내 책을 읽어주지 않는다면 그 책은 일기장에 불과합니다. 출판사의 선택을 받고, 독자의 관심을 끌려면 상대를 향한 글을 써야 합니다. 불특정다수를 대상으로 누가 읽어도 쉽게 이해할 수 있게 글을 써야 합니다. 내가 얼마나 풍부한 지식을 갖췄느냐는 둘째 문제입니다. 독자가 내 지식에 관심을 갖게 만들고, 내 글에 눈 기울이게 만드느냐 아니냐가 관건입니다.

　책 쓰기는 남을 배려하는 글쓰기를 갈고 닦는 일입니다. 책 쓰기를 통해 다른 사람이 내 책을 읽을 것을 상상하며 이해하기 쉽게 글 쓰는 훈련을 하게 됩니다. 어떻게 글을 써야 상대가 편하게 읽을 수 있는지 내가 쓴 글을 여러 번 읽고 수정하면서 깨닫습니다. 초고를 쓰고, 퇴고도 하면서 자연스럽게 남을 위한 글쓰기 방법을 몸에 익히게 됩니다.

　지난해 여름에 있었던 일입니다. 상무님이 어떤

현안에 대해 구성원의 의견을 듣고 싶어 했습니다. 상무님은 편하게 회신을 달라며 구성원들에게 메일을 보냈습니다. 저도 의견을 전달하고 싶었습니다. 잠시 생각하고 메일을 썼습니다. 제가 속한 부서 그룹장님을 포함하여 메일을 보냈습니다. 잠시 후에 그룹장님이 제게 찾아왔습니다.

"메일 쓰는 데 시간이 얼마나 걸렸나?"
"한 20분 정도 걸렸습니다."

내심 놀라는 눈치였습니다. 글을 쓰는 데 그것밖에 안 걸렸냐는 표정이었습니다. 그룹장님의 반응을 보고 퇴근길에 곰곰이 생각했습니다. 그렇습니다. 저는 책을 쓰면서 자연스럽게 글쓰기 훈련을 한 것이었습니다. 나도 모르게 한 편의 메일을 쓰는 데 걸리는 시간이 줄었습니다. 1시간 걸릴 게 20분이 되었습니다.

메이지 대학교 문학부 사이토 다카시 교수는 《직장인을 위한 글쓰기의 모든 것》에서 글쓰기 능력을 키워야 한다고 강조합니다. "적절하게 자기다움을 드러내고, 개인으로서 상대방에게 신뢰받을 수 있는 문장을 구사하는 능력이 일의 성패를 좌우하게 된다. 용건을 전달하는 것은 물론이거니와 거기에 자신의 감정을 잘 실어 보내야 한다. 이것 또한 직장인으로서 필요한 글쓰기 능력이다."

가장 좋은 메일은 상대방이 내 의도를 100% 이해하는 메일입니다. 그런 메일을 쓰는 데 시간까지 절약할 수 있다면 같은 시간에 할 수 있는 일의 양이 늘어납니다. 책 쓰기는 이해하기 쉬운 글을 빠른 시간에 쓸 수 있게 만들어줍니다. 같은 메일을 쓰는 데 20분 걸릴 일을 10분으로 줄이면 10분 동안 다른 일을 할 수 있습니다. 커피 한 잔 하면서 숨을 돌려도 되고 일찍 퇴근해도 됩니다.

재택근무, 영상회의 등 비대면 업무 방식이 보편화되고 있습니다. 입보다 손으로 소통하는 비중이 높아졌습니다. 어떤 글을 쓸 수 있느냐, 그리고 그 글을 쓰는 데 얼마나 시간이 걸리느냐가 내 경쟁력입니다. 책 쓰기를 통해 효율적인 글쓰기를 연마하고 업무효율까지 높여보세요.

책 쓰기의 8할은 기획이다.

책을 쓰기로 마음먹었다면 어떤 책을 쓸지 기획해야 합니다.

기획을 어떻게 하느냐에 따라 글이 손쉽게 써질 수도 있고, 하얀 바탕을 두고 아무것도 쓰지 못할 수도 있습니다. 원고를 집필한 뒤 출판사에 투고할 때도 기획을 어떻게 했느냐에 따라 출간 여부가 판가름 납니다. 그만큼 기획이 중요합니다. 땀이 맺힌 원고가 서점 위에 놓일 책이 될지 아닐지는 기획에서 정해진다고 봐도 과언이 아닙니다.

스스로도 만족하고 출판사와 독자까지 매료시킬 수 있다면 좋겠죠? 책 쓰기 기획, 어떻게 해야 할까요? 책 쓰기 기획은 세 가지로 나누어집니다.

메 시 지	책이 전하고 싶은 내용이 무엇인지
독 자	책을 읽어줄 고객은 누구인지
목 차	책의 구성이 어떻게 되는지

책 제목, 소제목의 카피를 정하는 일도 중요하지만 어떤 내용의 책을, 누구에게, 어떤 흐름으로 쓸 것인지가 더 중요합니다. 제목은 원고를 다 쓴 다음에 지어도 되니까요. ^^

✎ 책의 핵심 내용을 한 문장 또는 두 문장으로 요약하라.

공원을 산책하면서 마음을 가라앉히고 어떤 주제로 글을 쓸지 상상해보세요. 책을 통해 전하려는 메시지를 압축, 집약해보세요. 예를 들어 부동산을 주제로 책을 쓴다고 가정해보겠습니다. (저는 부동산에 관심은 많지만 ^^; 지식은 별로 없습니다.) 다양한 글거리와 논점이 떠오를 겁니다.

· 부동산의 기본 지식과 용어를 설명해 줄 것인지
· 언제 집을 매수하고, 매도해야 하는지 알려줄 것인지
· 주택, 아파트, 상가 어떤 부동산의 기술을 알려줄 것인지

· 수도권이 대상인지, 지방이 대상인지

· 일반 매매인지, 경매인지, 공매인지

책의 메시지는 간결할수록 좋습니다. 메시지가 좋으면 책 제목도 따라옵니다. 제가 만약 아파트 매매 경험이 풍부하고, 수도권 아파트 거래 실전 전략에 대한 메시지를 전하고 싶다면 "수도권 아파트 매매로 ○년 만에 ○○○원 번 특급 비밀" 같은 주제가 나오겠죠.

경매의 기본 지식에 관심이 많고 이를 쉽게 알려주는 것을 핵심 메시지로 정한다면 "이것만 알면 바로 시작할 수 있는 경매의 A to Z"같은 주제가 나올 겁니다.

✍ 내가 가장 잘 설명할 수 있는 것은 무엇인가?

책을 쓰기 위해서는 내가 누구보다 좋아하고, 남보다 반 발자국 앞서는 분야를 찾아야 합니다. 부동산에 관심이 많다고 해서 부동산 모든 분야를 깊이 알 수는 없겠죠. 내가 특별히 더 많은 시간을 투자했고, 깊이 관심을 둔 부분이 있을 겁니다. 주택, 토지, 아파트, 상가, 지식산업센터, 임대 아파트 중에서 하나만 꼽으라면 어떤 것을 선택하고 싶은지 생각해보세요.

내가 가장 자신 있는 부분을 핵심 메시지로 선정하세요. 이거라면 내 지식과 경험으로 바탕으로 독자에게 새로운 관점을 보여줄 수 있겠다 싶은 것을요. 이것도 쓰고 저것도 쓰면서 중구난방하면 아무리 분량이 많아도 책으로 만들 수 없습니다. 다양한 주제가 복잡하게 섞이면 책의 메시지가 약해지거든요. 내가 가장 좋아하고 남에게 알려주고 싶어서 안달이 나는 것을 주제로 선정하세요.

메시지는 책의 얼굴입니다. 한 줄, 두 줄 꾹꾹 눌러쓴 메시지를 여러 번 보세요. 마음에 들지 않고 어딘가 부족한 점이 느껴진다면 메시지를 다시 고쳐보세요. 이렇게도 생각해보고 저렇게도 생각해보면서 다듬어보세요.

어떤 메시지를 전달할지 고민하는 것으로부터 책 쓰기의 기획이 시작됩니다.

PART
2

당신도
책을 쓸 수 있다.
이렇게만 하면

1

책 쓰기를 시작한 그날 하루

제게 책 쓰기는 막연한 꿈이었습니다. 2008년, 스타크래프트 프로게이머로서 마지막 경기를 마치고 대학에 복학했습니다. 그때부터 2016년까지 8년 동안 잊을만하면 생각나고 잊을만하면 떠오르는 흐릿한 소망이었습니다.

하루를 보내다 가끔 공상에 빠질 때가 있었습니다. 로또 1등에 당첨되거나 과거로 돌아가 e스포츠 대회에서 우승을 하는 것처럼 비현실적인 상상도 했습니다. 하이라이트는 책 쓰기였습니다. 독자가 내 책에 사인을 받으러 오는 모습, 인세를 받으며 기뻐하는 모습, 대중 앞에서 강의하는 모습을 그렸습니다.

책 쓰기 책도 여러 권 읽었습니다. 왜 책을 써야 하는지, 어떻게 써야 하는지, 출판사가 좋아하는 원고는 어떤 것인지 궁금했습니다. 책을 읽으며 고개를 끄덕이고, 읽은 부분도 재차 읽었습니다. 책 쓰기 강의를 수강할까 고민도 했습니다. 그러나 그때뿐이었습니다. 잠을 자고 나면 언제 책 쓰기를 꿈꿨냐는 듯 변함없이 일상으로 돌아갔습니다.

✎ 책 쓰기를 시작하다.

그러던 어느 날, 토요일 새벽 5시에 잠에서 깼습니다. 갑자기 눈이 번쩍 떠졌습니다. 올해야 말로 반드시 책을 쓰겠다고 결심했습니다. 이불을 박차고 뭔가에 홀린 듯이 서재에 갔습니다. 컴퓨터를 켜고 한글을 실행했습니다. 아무 글이나 마구잡이로 쓰기 시작했습니다. 책을 쓰겠다는 생각은 주구장창 했지만 백지에 글을 쓴 것은 처음이었습니다. 상상을 실천으로 옮기는 데 8년이라는 시간이 걸렸습니다. 칼을 뽑았으면 무라도 썰어야 했습니다. 절대로 포기하지 않겠다고 다짐했습니다. 프로게이머로 활동하며 겪은 일들과 감상을 하나둘 썼습니다. 생각나는 대로 썼습니다. 문맥은 신경 쓰지 않았습니다. 손가락이 움직이는 대로 글을 썼습니다. A4용지 한 장쯤 채우고 나니 10대를 대상으로 책을 쓰면 좋겠다는 생각이 들었습니다. 프로게이머 이야기는 청소년이 관심을 보일 것 같았습니다.

시간이 가는 줄 모르고 글을 썼습니다. 아내가 서재로 오더니 말을 걸었습니다.

"오빠, 뭐 해?"
오전 9시였습니다.

"응? 글 쓰고 있어. 책을 내고 싶어서."
어리둥절한 아내는 거실로 갔고, 저는 글을 더 쓰다가 거실로 따라 나왔습니다. 제가 말했습니다.

"글 써서 책 출간까지 이어지고 인세도 받으면 좋겠다."
"갑자기 무슨 말도 안 되는 소리를 하고 있어."
아내가 콧방귀를 뀌었습니다.

"그래. 당신이 생각해도 어이가 없지? 그럼 만약 내 책이 나와서 인세를 받게 되면 그 돈은 모두 내 용돈으로 쓸게. 그래도 돼?" 라고 말하지 않았던 것이 못내 아쉽습니다. 인세는 가정의 살림에 보태고 있습니다.

✍ 원고를 완성하다.

그날 이후, 오롯이 혼자가 되는 시간에는 책 쓰기에 매진했습니다. 퇴근길에 어떤 내용을 쓸지 생각하고 메모한 다음 집에 와서 키보드를 두드렸습니다. 쓰지 않으면 안 될 사람처럼 글을 썼습니다. 글을 쓰다가 시계를 보면 한 시간이 금방 흘렀습니다. 글을 쓰는 게 습관이 되니 탄력이 붙었습니다. 쓰고, 쓰고, 계속 글을 썼습니다.

두 달이 지나 초고를 완성했습니다. A4용지 90장 분량이었습니다. 첫 페이지부터 마지막 페이지까지 스크롤을 내렸습니다. '내가 이렇게 많은 글을 쓰다니.' 어색했습니다. 제가 쓴 글이 아닌 것 같은 묘

한 기분이 들었습니다. 한동안 스크롤을 오르락내리락 거리며 원고를 쳐다봤습니다. 벅찬 나머지 눈물을 찔끔 흘렸습니다.

직장에 다니면서 책을 쓸 수 있었던 이유는 책 쓰기를 '시작'했고 포기하지 않았기 때문입니다. 집념만 있으면 누구나 책을 쓸 수 있습니다. 제가 8년 동안 그랬던 것처럼 상상 속에서 본인의 책을 만지작거리고 있다면 지금이라도 글을 쓰시기 바랍니다. 주제는 아무거나 괜찮습니다. 글쓰기에 필요한 요령과 기술은 글을 쓰면서 배울 수 있습니다. 가장 중요한 건 책을 쓰고야 말겠다는 뜨거운 가슴입니다.

생각만으로는 책을 쓸 수 없습니다. 손가락을 움직여야 책을 쓸 수 있습니다. 내 책은 부지런한 손끝에서 나옵니다. 책 쓰기를 시작하기 가장 좋은 순간은 지금입니다. 지금, PC 앞으로 걸어가세요.

2

왜, 왜, 대체 왜?
책 쓰는 이유 찾기

책 쓰기가 최선의 자기계발 수단이자 새로운 영역
으로 나를 인도하는 것이라는 느낌이 옵니다. 미심
쩍지만 고개를 끄덕였을 수도 있을 테고요. 지금 이
순간 책을 낼 수 있다면 얼마나 좋을까요? 책을 출간
하면 좋겠다는 생각은 누구나 하지만 실천으로 옮기
는 게 문제입니다.

"어떻게 하면 책을 쓸 수 있나요?"

마음만 먹으면 누구나 책을 쓸 수 있다고 단언했
지만 누구나 할 수 있다면 대한민국 시민 모두 책을
출간했겠죠. 책 쓰기는 아무나 할 수 있으면서 아무
나 할 수 없는 일입니다. 굳은 의지를 지니고 꾸준히

목표를 향해 한 걸음씩 다가갈 용기를 지닌 사람만이 책을 쓸 수 있습니다.

지금 당장 해야 할 일은 글쓰기 연습도 아니고, 참고도서 분석도 아닙니다. 책 쓰기 강의를 듣는 것도 아니고 유명 작가의 글을 필사하는 것도 아닙니다. 가장 먼저 해야 할 일은 책을 쓰겠다는 마음을 아주 단단히 먹고 초심을 유지하는 것입니다.

한 권의 책은 보통 250페이지 내외입니다. 네다섯 장에 장마다 8~10개의 꼭지로 구성됩니다. 250페이지에 달하는 책을 만들려면 약 12만자, 200자 원고지로 750장을 써야 합니다. 40개의 꼭지로 구성되었다면 한 꼭지 당 약 3,000자를 써야 합니다. 10포인트 글자로 A4용지 두 장 반을 쓰면 3,000자가 채워집니다. 단순하게 생각해서 A4용지 100장을 쓰면 책 한 권 분량이 됩니다.

✎ 의자에 앉는 의지가 책 쓰기의 요체다.

A4용지 100장을 하루 만에 쓰는 건 불가능합니다. 시간을 나눠서 꾸준히 써야 합니다. 하루에 한 장씩 쓴다고 가정하면 꼬박 100일이 걸립니다. 물론 100장을 채웠다고 책 쓰기가 끝나는 건 아닙니다. 초고에 숨어있는 오류를 확인해야 하고, 중복은 지우고, 빠진 내용은 보충해야 합니다. 책 쓰기는 긴 시간을 들여 작업해야 하는 장기 프로젝트입니다. 짧은 시간에 이룰 수 없는 일입니다.

책 쓰기만큼 의지가 중요한 일이 없습니다. 컴퓨터에 앉아 한글을 실행하는 데에는 꽝장한 긍정 에너지가 필요합니다.

윤찬영 작가는 《지구에 산 기념으로 책 한 권은 남기자》에서 마음가짐의 중요성에 대해 설파합니다. "책 쓰기는 다른 자기 계발 영역보다 투자한 시간에 비해 성과가 높은 영역이다. 할 수 없다는 핑계를 대라면 수십 가지도 댈 수 있으리라. 그런 핑계 거리를 전부 무시하자. 그리고 퇴근 후 할 일 1순위에 글쓰기를 올려놓자.

생각보다 책 쓰기는 그리 많은 시간이 걸리지 않는다. 한 권을 완성하면 두 권, 세 권은 더 쓰기가 쉽다. 결심이 문제다."

우리는 연초에 부푼 기대를 안고 갖가지 목표를 세웁니다. 금연, 금주, 다이어트, 골프 타수 줄이기, 영어공부 등 사람마다 이런저런 목표를 세우고 실천에 옮깁니다. 이를 일주일 이상 꾸준하게 실천하는 사람은 얼마나 될까요? 술을 마시지 않겠다고 다짐해도 일주일만 지나면 언제 그랬냐는 듯 단기 기억 상실증에 빠집니다. 다이어트를 하겠다고 선언했지만 밤 12시에 배달 어플리케이션을 실행합니다. 인간은 변화를 거부하고 편안함을 추구합니다. 해도 그만, 안 해도 그만인 일은 부여잡지 않으면 관심에서 점점 멀어집니다.

직장에서는 눈앞에 주어진 일을 처리하기에도 벅찹니다. 일요일 밤 잠자리에 누우면 심장이 쿵쾅거리고 보기 싫은 상사의 얼굴이 눈에 아른거립니다. 월요일 출근길은 그야말로 지옥에 향하는 길입니다. 인파를 비집고 사무실에 도착하면 일을 시작하기 전에 이미 녹초가 됩니다. 무거운 몸을 이끌고 일하면서 하루의 에너지를 조금씩 소모합니다. 퇴근할 때가 되면 만사가 귀찮습니다. 얼른 집에 가서 소파에 눕고 싶습니다. 텔레비전을 보며 맥주 한 캔 마시며 피로를 푸는 게 하루의 유일한 낙입니다. 어린 자녀가 있다면 밀린 설거지에, 청소, 육아까지 도맡아야 합니다. 우리 몸은 녹초 더하기 파김치가 됩니다.

상황이 이런데 책을 쓸 수 있을까요? 내 건강에 도움이 되는 다이어트, 운동도 못하고 직장 생활에 도움이 되는 영어공부도 못할 판국인데 책을 쓰라고요? 직장인에게 책을 쓰라는 게 얼마나 황당한 소리인지 아냐고요?

맞아요. 그만큼 직장인 신분으로 책을 쓰려는 마음을 부둥켜안기 어렵습니다.

책 쓰기에 얼마나 진심인가요? 어떤 일이 있더라도 책 쓰기를 포기하지 않을 자신이 있나요? 왜 책을 쓰려고 하나요? 책 쓰기를 통해서 무엇이 바뀌길 바라나요? 책 쓰기가 내 삶에 어떤 변화를 가져다 줄 것이라 기대하나요? 책을 썼는데도 아무것도 변하지 않는다면 그래도 책을 쓸 건가요? 스스로 질문을 던지고 책 쓰기에 관해 생각해봐야 합니다. 중도포기할 거라면 차라리 다른 일에 에너지를 투자하는 게 낫습니다.

책 쓰기를 꼭 해야 하는 일, 내 인생에 반드시 필요한 일이라고 생각하세요. '책 한번 써볼까?'하고 시작하는 것도 훌륭하지만 1페이지에서 250페이지까지 뚝심을 갖고 밀어붙이려면 책을 써야 하는 자기만의 이유를 만드는 게 우선입니다. 어설픈 마음가짐으로는 작심삼일의 높은 장벽을 넘기 어렵습니다.

3

여름이 좋아진 이유

직장에 다니면서 글을 쓰는 게 어려운 이유는 무엇보다 여유 시간이 없기 때문입니다. 설령 글 쓰는 시간을 확보한다고 해도 퇴근 후에 글을 쓸 체력이 남아 있지 않습니다. 상사에게 꾸지람을 받고, 고객에게 불만을 듣고, 다른 부서 담당자와 입씨름을 하다 보면 그대로 번 아웃 되고 맙니다. 축 처진 어깨로 집에 돌아오면 어딘가에 눕고 싶습니다. 맥주를 들이키며 '오늘은 너무 힘들었다. 내일은 꼭 글 써야지'라고 자신을 위안합니다. 그렇게 내일은 또 다른 내일로 이어집니다.

만약 결혼을 하고 자녀가 있다면 상황은 훨씬 어려워집니다. 퇴근 후, 주말에도 육아, 자녀 교육에 시간을 투자해야 합니다. 책 쓰는 시간을 만들기는 커녕 내 한 몸 챙길 시간조차 없습니다.

그럼 어떻게 해야 할까요? 방법은 단 하나뿐입니다. 내 하루에서 책 쓰기의 우선순위를 최대한 끌어올리고 초고를 완성할 때까지 버티며 글을 써야 합니다.

지난해 책을 쓸 때 저도 같은 상황이었습니다. 근속연수가 쌓이면서 업무 강도는 높아졌고 일하면서 받는 스트레스도 늘어났습니다. 딸은 다섯 살이었습니다. 아빠가 퇴근하기만을 손꼽아 기다리는 나이입니다. 퇴근 후 현관문을 열면 놀아달라고 달려옵니다. '책을 쓰고 싶은데 과연 쓸 수 있을까?' 걱정이 앞섰습니다.

✎ 책 쓰기의 우선순위를 높여라

책 쓰기의 우선순위를 높였습니다. 가정, 회사 일, 그 다음에 책 쓰기를 두었습니다. 딸이 잠에 드는 시간인 밤 10시 이후에 글을 썼습니다. 주말에는 새벽

5시에 일어나서 딸이 깨기 전인 8시까지 글을 썼습니다. 딸이 깨어있을 때는 집중해서 글을 쓸 수 없으니 참고도서를 펼쳐 인용할 문구를 정리했습니다. 출퇴근길은 글을 쓰는 데 가장 좋은 시간이었습니다. 드라마, 스포츠 하이라이트, 예능 프로그램 볼 시간에 꾸역꾸역 한 글자라도 더 썼습니다. 출퇴근 버스를 타러 가는 길에도 스마트폰을 꺼내 글을 썼습니다. 책을 쓰면서 여름이 좋아졌습니다. 밖에서 걸으면서도 마음껏 글을 쓸 수 있기 때문이었습니다.

조세심판원 이형재 사무관은 저서 《직장인 공부법》에서 말합니다. "직장인은 공부할 시간이 부족하다. 어느 정도의 사회 활동과 여가 생활을 포기하지 않고 공부할 시간을 확보한다는 것은 현실적으로 불가능하다. 공부를 하는 기간에는 우선수위가 낮은 활동을 포기해야 한다. 예를 들어 공부시간을 확보하려면 직장 동료나 집안의 경조사도 챙길 범위를 정해야 한다. 그런데 의외로 직장인은 공부를 할 때 우선순위에 따라 행동을 바꾸지 않는다. 아무런 희생 없이 단순하게 '어떻게든 공부하면 되겠지'라고 생각하는 것은 실패로 가는 지름길이다. 사회생활과 공부, 두 마리 토끼 모두 놓치게 될지도 모른다." 공부를 책 쓰기로 바꿔도 정확히 뜻이 통합니다.

직장인 책 쓰기의 최우선 과제는 글 쓸 시간 확보 입니다. 핑계 없는 무덤은 없습니다. 책을 쓰지 않을 핑계를 대면 끝이 없습니다. 퇴근이 늦어서, 회식이 잦아서, 졸려서, 마음의 준비가 되지 않아서. 이런저런 핑계가 머릿속을 채우면 책 쓰기는커녕 아무것도 할 수 없습니다.

반대로 책을 쓸 이유를 찾으면 없는 시간도 만들 어낼 수 있습니다. 장보러 가는 시간, 도서관에 책을 빌리러 가는 시간, 자녀가 혼자서 노는 시간, 친구를 만나러 가는 시간, 거래처 담당자를 기다리는 시간 모두 책 쓰는 시간으로 바꿀 수 있습니다. 조각난 10 분을 여섯 번 모으면 한 시간이 됩니다. 하루 한 시 간에 1,000자씩만 써도 100일이면 100,000자 책 한 권에 달하는 분량이 쌓입니다.

'나는 모든 준비가 완벽히 갖춰진 상태에서만 글 을 쓰겠다.'는 생각은 사치입니다. 전업 작가라면 모 를까 직장인이라면 이런 생각을 머릿속에서 지워버려야 합니다. 지금 바로 스마트폰을 꺼내세요. 메모장을 실행하고 엄지손가락을 움직이세요. 글 쓰는데 5분만 집중하면 장소가 어디든 글을 쓸 수 있습니다. 약간 시끄러운 전철이나 카페에서 공부가 더 잘될 때가 있는 것처럼 완벽한 준비가 갖춰지지 않은곳에서 오히려 글이 더 잘 써지기도 합니다. 글을 쓸수 없는 순간이라고 생각했던 곳에서 글을 쓸 때 당신은 한발자국 더 성장합니다.

✎ 가족의 배려는 신중하게 요구하세요.

혹자는 가족에게 양해를 구하고 책 쓰기에 전념하라고 말합니다. 책 쓰기는 가족의 배려를 받을만한일이라고요. 저는 다르게 생각합니다. 책을 쓰는 건놀라운 일이긴 하지만 가족의 희생을 요구할 일은아니라고 봅니다. 책을 써야하기 때문에 요리를 못하고, 설거지를 못하고, 육아를 할 수 없다면 차라리책을 쓰지 않는 게 낫습니다. 전업 작가가 아닌 이상책 쓰기가 생계에 영향을 주진 않습니다. 책을 쓰느라 배우자와 갈등이 생기고 가족에게 소홀해진다면 잘못하고 있는 겁니다. 가족의 희생을 강요하지 마세요. 필요하다면 가족과 충분히 대화를 거쳐 공감대를 형성하고 책 쓸 시간을 요구하시기 바랍니다.

자차를 이용해서 출퇴근하고 있다면 대중교통으로 바꾸세요. 대중교통은 사람이 많아 불편해서 글을 쓸 수가 없다고요? 출근 시간을 30분 앞당기세요. 퇴근 시간은 어쩔 수 없지만 출근 시간을 앞당기면 넉넉한 버스, 전철에 앉아서 글을 쓸 수 있습니다. 업무 특성상 자차를 이용할 수밖에 없다고요? 그럼 수면 시간을 줄여 새벽에 글을 쓰세요. 출퇴근길 차 안에서는 오디오북을 듣거나 집에서 써야 할 글감을 생각하세요. 적극적으로 책 쓰는 시간을 만들어야 합니다. 출퇴근 시간을 어떻게 활용하느냐가 책을 쓸 수 있느냐 없느냐를 결정합니다.

직장인 책 쓰기는 티끌모아 태산, 천리 길도 한걸음부터라는 속담과 딱 맞아떨어집니다. 시간의 티끌을 모으고 뚜벅뚜벅 걸어가세요. 무의미하게 흐르고 있는 시간을 유의미한 시간으로 바꾸세요. 하루 24시간은 누구에게나 똑같이 주어지지만 내가 어떤 생각과 마음을 갖추느냐에 따라 24시간을 고무줄처럼 늘릴 수 있습니다. 당신은 오늘 어떤 하루를 보냈나요?

당신의 행동이 당신의 책을 만듭니다.

4

책 쓰는 시간 줍기

　요즘 일주일에 두세 번 재택근무를 합니다. 처음 재택근무를 시행한다고 했을 때는 늦잠을 잘 수 있고, 조용한 방에서 일할 수 있으니 마냥 좋았습니다. 그렇지만 모든 일에는 일장일단이 있듯이 재택근무가 익숙해지니 단점도 보입니다.

　저는 집에서 일할 때 업무 효율이 떨어지는 걸 알게 됐습니다. 보는 사람이 없으니 두 다리를 책상 위에 올린 채 메일을 읽을 때도 있습니다. 회사에 가지 않으니 걸을 일도 없고, 거리의 풍경을 둘러볼 일도 없습니다. 게다가 회사에 가지 않는데도 자유 시간을 확보하기 더 어려운 아이러니한 상황에 처합니다. 업무를 마칠 때쯤 딸이 유치원에서 집으로 돌아오거든요. 퇴근과 동시에 육아가 시작됩니다. 딸과 보내는 시간이 늘어나는 건 행복한 일이지만 그만큼 제 시간이 줄어드는 건 아쉽습니다.

재택근무를 하는 날이 회사에 출근하는 날보다 글을 쓸 시간이 부족합니다. 저는 출퇴근 시간을 이용해서 글을 쓰거든요. 글 쓰는 시간이 줄어드니 내 시간을 어떻게 확보해야 할지 고민하게 됩니다. 책을 쓰기 위해서는 온전히 혼자가 되는 시간을 늘려야 하는데요. 어떻게 하면 글 쓰는 시간을 확보할 수 있을까요?

✍ 내 시간이 반드시 필요한 이유

글을 쓸 때는 아무에게도 방해받지 않고 홀로 화면과 눈싸움을 해야 합니다. 집중하지 않으면 글이 방향성을 잃고 헤맬 뿐만 아니라 책 쓰기에 몰입할 수 없습니다. 2,000자 내외의 글을 쓰려면 짧게는 한 시간, 길게는 서너 시간을 골몰해야 합니다.

손으로는 글을 쓰고, 눈으로는 글을 바라보고, 머리로는 글을 생각해야 합니다. 온몸을 송곳으로 만들어 한 글자씩 찍어 눌러야 좋은 글을 쓸 수 있습니다. 책 쓰기는 고독합니다. 오직 책 쓰기만 생각해야 합니다. 책을 쓸 때는 짧은 기간 동안 얼마나 내 시간을 확보해서 집중할 수 있는지가 중요한 변수가 됩니다.

글 쓰는 시간을 만드는 건 내 하루를 분석하는 것으로부터 시작됩니다. 하루 24시간 중에 의미 있는 시간과 그냥 흘려버리고 있는 시간을 구분해 보세요. 마치 내가 남이 되었다고 가정하고 내 하루를 가만히 들여다보세요.

일하는 시간, 누군가와 대화하는 시간, 식사 시간 등 일상을 영위하는 데 꼭 필요한 순간은 지켜야할 귀중한 시간입니다. 반대로 멍하게 텔레비전을 보는 시간, 잠들기 전에 누워서 스마트폰을 쳐다보는 시간, 시간을 때우기 위해 쓸데없는 행동을 하는 시간은 무의미합니다.

무의미한 시간을 유의미한 시간으로 바꾸는 게 책 쓰기의 첫걸음입니다. 목적 없이 사용하는 시간이 없는지 살펴보세요. 생각보다 많은 시간이 주머니에서 새어나가 땅바닥에 떨어지고 있습니다.

✎ 시간을 창조해보세요.

딸이 생긴 이후로 설거지가 더 좋아졌습니다. 설거지를 하면 아내에게 점수를 딸 수 있을뿐더러 10, 20분 동안 골똘히 생각할 수 있는 머릿속 자유시간이 생기기 때문입니다. 딸과 뛰어노는 것보다 설거지하는 게 편하기도 하고요.

그릇을 헹구면서 이 생각 저 생각하다 보면 좋은 아이디어가 '팟' 하고 떠오릅니다. 그러면 잠시 고무장갑을 벗고 스마트폰 메모장에 생각의 흔적을 남깁니다. 시간이 지나 메모장을 열어보고 책 쓰기의 영감을 얻습니다.

여러 번 강조하지만 출퇴근 시간은 반드시 사수해

야 하는 시간입니다. 저도 출퇴근 두세 시간 동안 책 쓰기에 몰두해서 책을 썼습니다. 이 책의 초고도 대부분 출퇴근 시간에 썼습니다. 하루에 두 시간이면 일주일에 10시간, 한 달에는 40시간이 넘는 시간입니다. 출퇴근 버스를 책 쓰기 작업실로 쓴 셈입니다. 요즘에도 블로그, 브런치에 글을 쓸 때 출퇴근 시간을 애용합니다.

단잠을 줄이고 새벽에 일어나 글을 쓰는 사람도 있습니다. 일명 '미라클 모닝'을 만끽하기 위해 꼭두 새벽에 일어납니다. 저는 잠이 많은 편이라 빨라야 6시에 일어나지만 책 쓰기에 집중할 때는 5시에 일어나서 이부자리를 정리합니다. 새벽 시간은 책 쓰기에 좋습니다. 공기가 바닥에 착 가라앉고 주변이 고요해서 글쓰기에 좋습니다. 도저히 글 쓸 시간을 낼수 없다면 두 눈 질끈 감고 아침 태양보다 먼저 일어나는 걸 권합니다.

무엇보다 중요한 것은 자투리 시간을 글 쓰는 시간으로 전환하려는 마음가짐입니다. 양치질 하고 잠시 쉬는 시간, 어딘가로 이동하는 시간, 누군가를 기다리는 시간 등 짧지만 하루의 여백이 생겼을 때 스마트폰을 꺼내세요. 메모장을 실행하고 아무 글이나 써보세요. 아무 말 대잔치 하듯 아무 글이나 쓰다 보면 꽤 마음에 드는 글을 쓸 때도 있습니다. 이럴 때 글쓰기에 흥미가 붙고 글쓰기가 점점 재미있어집니다. 적극적으로 글을 쓰고 책을 쓸 시간을 발굴하시기 바랍니다.

5

초고는 카카오톡으로
보고하듯 재빠르게

이제 책을 쓰기로 마음먹었나요? 어떤 메시지를 어떤 흐름으로 누구에게 전할 것인지 정했나요? 각 장과 꼭지마다 쓸 내용까지 구상했다면 이제 남은 일은 하나밖에 없습니다. 엉덩이를 의자에 붙이고 열심히 글을 써서 책의 '초고'를 집필하는 것입니다.

초고는 처음으로 완성한 원고를 뜻합니다. 초고를 다 쓰면 고쳐 쓰기, 퇴고가 남습니다. 초고는 전력을 다해서 최대한 빨리 써야 합니다. 글에 강렬한 의지를 담고 쓰세요. 책 쓰기가 얼마나 절실한지는 초고를 쓰는 데 걸리는 시간이 답해줍니다.

초고를 빨리 써야 하는 이유는 책 쓰기라는 녀석

이 워낙 휘발성이 강하기 때문입니다. 책의 꼭지가 40개라고 가정하고 일주일에 하나씩 쓴다고 치면 한 달에 4개, 10개월이면 책 한 권 분량을 쓸 수 있습니다. 1년도 채 안 돼서 책을 쓸 수 있다니 뭔가 그럴듯해 보입니다.

하지만 1년 가까이 책을 쓰려는 마음을 부여잡기란 쉬운 일이 아닙니다. 새해 벽두에 비장한 계획을 세워도 일주일을 못 버티고 흐트러질 때가 많은걸요. 책 쓰기도 마찬가지입니다. 책 쓰기는 어떤 일보다 장시간 높은 집중력을 필요로 합니다. 며칠만 글을 안 써도 금방 추진력을 잃습니다. 일주일 동안 글을 쓰지 않으면 '책 쓰기가 뭐였더라?, 내가 책을 쓰려고 했었나?'라고 생각하게 됩니다.

책을 쓰고야 말겠다는 간절한 마음이 바깥으로 도망가지 못하도록 꼭 움켜쥐어야 합니다. 초고를 쓸 때만큼은 책 쓰기에 모든 것을 쏟으세요. 생업에 종사하는 시간 이외에는 책 쓰기에 '올인'하세요.

하루에 한 꼭지를 이상을 쓰겠다고 다짐하세요.

주말에는 두세 개씩 쓰시기 바랍니다. 글과 책이라는 바다에 풍덩 빠지세요. 머리카락 한 올 남기지 않고 온몸을 물속에 담근 채 글을 쓰시기 바랍니다.

✎ 초고는 적어도 두 달 안에 쓰세요.

초고를 집필하기 시작했다면 두 달 안에 끝장 보겠다는 심정으로 덤벼드세요. 글이 잘 써지지 않을 때에도 아무 말이나 쓰세요. 한 꼭지에 두 페이지를 채우고 싶었는데 한 페이지밖에 안 써져도 괜찮습니다. 그대로 두고 다음 꼭지로 넘어가세요. 다음 꼭지를 쓰다 보면 앞 꼭지에 쓸 글이 생각납니다. 분량을 의식하지 말고 쓰세요.

글은 날마다 써야 합니다. 어제 어떤 글을 썼는지 머릿속에 남아 있어야 오늘 쓰는 글에 연속성이 생깁니다. 이전 꼭지와 다음 꼭지를 긴밀하게 연결하려면 어제와 오늘을 빈틈없이 연결해야 합니다. 한 번 책 쓰기의 흐름이 끊기면 다시 흐름이라는 파도에 올라타는 데 많은 시간이 걸립니다. 밥을 먹고 물을 마시듯 매일 써야 합니다.

초고는 내용보다는 속도, 질보다 양에 초점을 맞
추세요. 초고는 퇴고로 다듬을 수 있습니다. 퇴고는
글의 잘못된 부분을 바로 잡고 올바르게 수정하는
작업입니다. 불필요한 문장과 비문을 제거하고 글
을 깨끗이 씻는 일입니다. 초고는 추후 수정하면 됩
니다. 초고를 쓸 때는 글을 쓰는 행위 자체에 온전히
집중하시기 바랍니다.

어니스트 헤밍웨이는 "모든 초고는 쓰레기다."라고
말했습니다. 초고는 완벽할 수 없습니다. 초고를 쓴
후 여러 번 고쳐 써서 더 훌륭한 원고로 만들면 됩니
다. 설령 초고가 쓰레기 같더라도 초고를 쓰는 행위
는 무엇과도 바꿀 없는 값진 보물입니다. 물러진 연
필을 뾰족하게 깎듯이 초고를 날카롭게 만드는 작업
은 나중에 퇴고하면서 할 수 있습니다. 초고만 완성
한다면 말이죠.

책을 쓰면서 가장 행복했던 순간은 초고를 완성했
을 때였습니다. 언제나 그랬습니다. 투고에 성공해

서 출판사와 계약했을 때, 내 책을 서점에서 발견했을 때도 말할 수 없이 기뻤지만 초고 완성 때만큼은 아니었습니다. 초고 마지막 문장의 마침표를 찍었을 때 느껴지는 성취감은 나를 한 단계 성장시킵니다. '내가 드디어 해냈구나, 나도 할 수 있다.'는 자신감이 온몸을 휘감습니다. 나에 대한 믿음이 깊고 단단해집니다. 볼품없는 초고이지만 끝없는 인내와 노력의 결실입니다.

초고를 완성하면 책 쓰기의 99%는 끝입니다. 초고를 쓰지 못하는 사람은 있어도 초고를 완성하고 퇴고를 하지 못하는 사람은 없습니다.

한참을 머뭇거리다 펜을 들었나요? 고민 끝에 책을 쓰기로 마음먹었나요? 이번에는 기필코 성공하리라 다짐했나요? 이제 해야 할 일은 하나밖에 없습니다.

6

생각을 메모하고
메모를 생각하세요.

'방금 뭐 검색하려고 했더라?'

'아, 답답해. 요즘 날마다 이러네.'

포털 사이트 시작화면을 한참 동안 멍하니 바라봅
니다. 분명히 뭔가를 찾으려고 생각했는데 5초도 안
돼서 기억나지 않을 때가 있습니다. 최근에 더 자주
이러는 것 같습니다.

왜일까요?

이런저런 잡생각에 휩싸인 채로 스마트폰을 만지
작거렸기 때문입니다. 눈은 스마트폰을 향하고 있는

데, 머리는 다른 곳을 향하고 있으니 어떤 것을 떠올렸는지 정확히 기억하지 못하는 겁니다. 책 쓰기도 그렇지만 생각이란 녀석도 휘발성이 강합니다. 반짝하고 나타났을 때 확 붙잡지 않으면 금세 증발해버려요. 한번 흩어진 생각은 언제 다시 돌아올지 알 수 없습니다. 좋은 아이디어, 기발한 생각이 났을 때는 바로 메모해야 합니다. 메모하지 않겠다는 건 생각을 그냥 흘려보내겠다는 것과 같습니다.

✒ 메모로 생각을 끌어안으세요.

메모하는 건 고무망치로 두더지 머리를 때리는 놀이와 비슷합니다. 두더지가 고개를 빼쭉 내밀 때 망치를 휘둘러야 정수리를 때릴 수 있습니다. 조금만 방심하면 두더지가 '나 잡아봐라' 하고 머리를 숙이죠. 불쑥불쑥 솟아오르는 생각을 때리듯이 메모하지 않으면 생각은 금방 모습을 감춥니다. 타이밍에 맞춰 두더지를 때려야 하듯, 좋은 생각이 들 때는 곧바로 메모하세요.

메모는 꾸준히 글을 쓰는 데 큰 도움이 됩니다. 메모는 곧 책의 글감입니다. 책을 쓰기 위한 소재를 메모장에 모아 놓고 필요할 때마다 하나씩 빼서 쓰면 좋습니다. 책을 쓸 때 꼭지의 내용을 대략적으로라도 정해놓지 않으면 백지 앞에서 오랜 시간을 보내야 합니다. 책 쓰기가 점점 부담스러워집니다. 어떤 글을 쓸지 머릿속에 그려놓고 글을 쓰는 것과 아닌 것은 하늘과 땅 차이입니다. 메모 목록은 어떤 글을 쓸지 정하는 데 드는 시간을 아껴줍니다.

스쳐 지나가는 일상을 유심히 관찰하고 메모하세요. 관찰이 계약서라면 메모는 도장이라고 할 수 있습니다. 직인이 없는 계약서에 아무런 효력이 없듯 도장을 찍지 않은 생각은 효용이 없습니다.

✍ 스마트폰을 꺼내세요.

메모는 어렵지 않아요. 간단합니다. 스마트폰 메모장을 활용하세요. '누구나 가슴속에 상처 하나쯤은 갖고 있다.'라는 드라마 명대사처럼, 누구나 주머니

속에 고성능 메모장 하나쯤은 가지고 있잖아요. 노트와 펜을 따로 챙기지 않아도 됩니다. 좋은 생각, 색다른 경험, 내일 할 일, 거리의 풍경, 하루의 감상, 읽고 싶은 책 등 뭐든지 좋습니다. '반짝'하고 머릿속 전구에 불이 들어오면 재빨리 스마트폰을 꺼내세요.

메모는 구체적일수록 좋습니다. 나중에 메모를 봤는데 무슨 생각을 했는지 기억하지 못하는 불상사를 미연에 방지해야죠. 예를 들어 사고 싶은 책을 메모한다면 "책 사자"라고 메모하지 마시고 책 제목을 덧붙여 "어린 왕자 책 사자"라고 메모하세요. 5초만 더 투자하면 다음에 메모장을 열었을 때 당황하지 않을 수 있습니다.

저도 방금 좋은 생각이 나서 책 쓰기를 잠시 멈추고 메모를 했습니다. 메모는 생각이 떠오르는 순간, 바로 하는 게 제일입니다. 본인의 기억력을 신뢰하지 마세요. 내 두뇌를 의심하세요. 저처럼 포털 사이트 시작화면과 눈싸움하면서 답답함을 느끼지 않도록 말이에요.

메모에 관한 명언을 몇 가지 소개해드립니다. 참조하여 나만의 메모 습관을 만들어 보세요. 생각하고, 기록하고, 정리하는 하루를 보내보세요. 메모하기 전보다 훨씬 책 쓰기가 편해질 거라 확신합니다.

"퍼스트 클래스에서 근무할 때는 펜을 빌려 달라는 부탁을 받은 적이 단 한 번도 없다. 퍼스트 클래스 승객들은 항상 메모를 하는 습관이 있기 때문에 모두 자신의 필기구를 지니고 다녔다."

──────────────────────── 미즈키 아키코

"느닷없이 떠오르는 생각이 가장 귀중한 것이며, 보관해야 할 가치가 있는 것이다."

──────────────────────── 프랜시스 베이컨

"펜을 들고 뭔가를 메모하기 시작할 때부터 생각이 시작된다."

──────────────────────── 공병호

7

책 쓰기,
블로그로 시작하세요.

"누구나 책을 쓸 수 있습니다."

모든 책 쓰기 책에서 강조하는 말입니다.

책을 쓰려는 마음을 품고 굳건히 지키면 너도나도 책을 쓸 수 있습니다. 기획 출판이 아니더라도 1인 출판, 자가 출판하는 방법도 있습니다. 책 쓰기의 진입장벽은 낮아졌고 책을 쓰려는 사람은 늘었습니다.

지금 이 순간에도 누군가는 책을 쓰고 있고, 출판사에 투고 메일을 보내고 있습니다. 엔지니어, 교사, 전업주부, 역술인, 경찰관 등 성별과 직업을 가리지 않고 다들 책을 씁니다.

당신도 책을 쓸 수 있다. 이렇게만 하면

마음만 먹으면 책을 쓸 수 있다고들 하는데, 도저히 책 쓸 엄두가 나지 않는다고 푸념하는 사람도 있습니다. '내가 책을 쓴다고?, 정말로?' 왠지 믿어지지 않습니다. 헛웃음이 납니다. 하지만 기죽지 마세요. 책 쓰기라는 미지의 세계를 생각하며 한숨 쉬는 당신을 위한 방도가 있습니다. 왜 그걸 지금 말해 주냐고요? 사실은 당신도 알고 있는 방법입니다.

책 쓰기라는 어려운 작업을 손쉽게 만들어주는 비법. 바로 블로그 글쓰기입니다.

✎ 내가 무엇을 좋아하는지 찾으세요.

책을 쓰려면 먼저 어떤 주제로 글을 쓸지 기획해야 합니다. 주제 선정은 책 쓰기의 첫 번째 단추입니다. 주제는 아무거나 괜찮습니다. 부동산, 인간관계, 자기 계발, 공부법, 마음가짐, 여행, 육아, 독서 등 내가 쓸 수 있는 주제가 무엇인지 알아야 합니다.

'나는 부동산에 관심이 많으니까 부동산 책을 쓰

겠어.'라는 다짐이 현실이 될지 확인하는 곳이 블로그입니다. 써봐야 압니다. 주제에 맞는 글을 쓸 수 있는지, 쓸 수 없는지는 실제로 글을 쓰지 않고는 모릅니다.

블로그에 주기적으로 포스팅하다 보면 관심사가 뚜렷해집니다. 관심 밖에 있는 분야는 쓰려고 해도 써지지 않습니다. 한두 번은 억지로 쓸 수 있을지 모르지만 책 한 권 분량의 글을 쓰기에는 역부족입니다.

블로그 글쓰기를 통해 내가 진짜로 좋아하는 게 무엇인지 파악하세요. 블로그 정체성을 바로잡는 순간 어떤 주제로 책을 써야 할지 깨닫게 될 것입니다.

✍ 책에 들어갈 내용을 미리 쓰는 곳

블로그에 차곡차곡 쌓아둔 글은 책 쓰기의 토양이 됩니다. 나중에 책을 쓰려고 할 때 블로그에 축적한 글이 큰 도움이 될 것입니다.

저도 이번 책을 쓰면서 블로그의 도움을 톡톡히 봤습니다. 블로그에 올린 글을 복사해서 붙여 넣고 책의 구조에 맞게 목차를 구성했습니다. 블로그에 글을 쓰지 않았더라면 백지상태에서 책을 써야 했을 겁니다. 블로그 덕택에 초고 쓰는 시간을 2달에서 3주로 줄였습니다.

무에서 유를 창조하는 것보다 유에서 유를 개량하는 게 수월합니다. 미리 써둔 글을 활용해서 책의 얼개를 짜세요. 일주일에 한 편씩 포스팅을 올린다고 가정하면 1년 동안 52개 꼭지를 쌓습니다. 일주일에 한 편씩 글을 발행하는 것만으로도 1년에 책 한 권 분량을 쓰는 셈입니다.

✍ 블로그는 꾸준히 글을 올리기에 최적의 장소입니다.

관건은 '꾸준히, 포기하지 않고' 글을 쓸 수 있느냐 입니다. 블로그는 글쓰기를 지속할 수 있도록 동기부여를 해줍니다. 이웃이 내 글을 읽고 하트를 눌러주고 댓글을 달아줍니다. 이웃은 내가 글을 쓰고 싶게 만들어줍니다.

아무도 읽지 않는 글을 쓰는 것보다 내 글을 읽을 누군가를 생각하며 글을 쓰는 게 재미있습니다. 자연스럽게 읽는 이를 고려해서 글 쓰는 연습도 하게 됩니다. 책 쓰기는 고독하지만 블로그 글쓰기는 외롭지 않습니다. 다른 사람과 함께 책을 쓴다는 기분으로 글을 쓰세요.

3일에 하나씩, 일주일에 하나씩 글을 쓰세요. 시간이 지나 내가 쓴 글들을 모으면 엄청난 양이 되어 있을 겁니다. 티끌 모아 태산, 천 리 길도 한 걸음부터라고 말했습니다. 티끌이 뭉쳐지고, 발자국이 모여서 한 권의 책이 됩니다.

당신의 이름이 적힌 책을 출판하는 게 꿈인가요? 블로그를 개설하세요. 그리고 '글쓰기' 버튼을 클릭하세요. 쓰고 싶은 글을 쓰세요.

당신의 책 쓰기는 이렇게 시작됩니다.

누가 내 책을 읽어줄까?

책을 통해 어떤 메시지를 전할 것인지 정했나요? 이제 메시지를 누구에게 전달할 것인지 선정해야 합니다. 책을 읽을 사람이 누구인지 생각하면서 글을 써야 하기 때문입니다. 40대 직장인이 공감할 이야기를 20대 취업 준비생에게 하면 안 되겠죠? 메시지에 격하게 공감할 독자가 누구인지 상상해보세요.

책이 향하는 대상, 독자는 어떻게 정하면 좋을까요? 책의 메시지와 독자는 서로 깊은 관계에 놓여있습니다. TIP ①에서 부동산을 주제로 책의 메시지를 정하는 방법을 알아봤는데요. 다시 부동산을 예로 들어 독자를 구체화하는 방법을 알아볼게요.

✍ 독자층을 최대한 좁혀라

서점에서 부동산 책을 집어 드는 사람은 누구일까요? 대한민국 시민은 모두 집이라는 공간에서 살고 있으니 전 국민이 독자라고 봐도 무방하겠지요. 돈을 벌고 있는 사람이 좀 더 관심이 많겠죠? 주택을 매수하기 위해 돈을 저축하고 있을 테고요.

그럼 막 취업한 사회초년생부터 은퇴를 앞둔 장년층까지 독자층에 포함됩니다. 엄청 넓죠? 부동산 책이 끊임없이 출간되고 진화하는 이유는 독자층이 워낙 두텁기 때문입니다.

독자층은 세밀하게 좁히세요. 과녁 정중앙에 화살을 쏜다고 생각하세요. 과녁을 좁힐수록 좋은 책이 될 확률도 높아집니다.

성 별	남자인지, 여자인지
연 령	20대인지, 30대인지, 40대인지
결 혼	미혼인지, 기혼인지
저 축	어느 정도의 자금을 확보한 사람인지
거 주 지	수도권인지 지방인지
지 식	어느 정도 부동산 지식을 가진 사람인지

어떤 독자층을 떠올리며 글을 써야 할까요? 누가 내 경험과 노하우가 담긴 책에 관심을 가질까요? 곰곰이 생각해 보세요.

✎ 책의 메시지와 독자층을 연결하라

첫 번째 책 《프로게이머를 꿈꾸는 청소년들에게》를 쓸 때도 같은 고민을 했어요.

프로게이머로 활동하면서 느꼈던 점, 학창 시절 게임과 공부를 병행하는 게 중요하다는 메시지를 전하고 싶었어요. 10대 남자를 독자로 정했어요. 그리고 그냥 10대가 아니라 게임에 빠져 프로게이머를 목표로 하는 10대로 좁혔어요. 그래야 책을 읽는 사람에게 도움이 될 수 있는 글을 쓸 수 있을 거라 생각했어요.

출판 계약을 마치고 출판사와 상의를 거쳤어요. 출간 직전에는 '10대'에서 '청소년'으로 범위를 더 좁혔어요. 초등학생보다는 중·고등학생이 프로게이머라는 직업을 진지하게 생각할 것이라 판단했어요. 그래서 책 제목도 《프로게이머를 꿈꾸는 청소년들에게》가 되었습니다.

책은 2016년에 출간됐지만 아직까지 판매되고 있어요. 개정판도 출간됐고요. 책의 메시지가 뚜렷하고, 메시지를 전달하려는 독자가 확실했기 때문이라 생각해요.

책의 메시지와 독자는 자전거의 앞바퀴, 뒷바퀴와 같아요. 자전거가 쓰러지지 않도록 중심을 잡을 뿐만 아니라 움직일 때는 함께 돌아가죠. 한쪽 바퀴만 돌거나 두 개의 바퀴가 반대 방향으로 돌 수는 없어요. 늘 같은 방향, 같은 속도로 움직여요. 책의 메시지와 독자라는 두 바퀴를 함께 고려해야 원하는 방향으로 쌩하고 나아갑니다.

누구에게 어떤 메시지를 전달할 것인지 정했다면 책 기획의 절반 이상은 끝난 거예요. 이제 책의 설계도인 목차만 구성하면 기획은 끝입니다. 다음 TIP에서는 목차를 짜는 방법에 대해 알아보겠습니다.

속 시원한
직장인 책 쓰기
궁금증 해결

1

책 쓰면 부자 되나요?

책을 쓰면 인세 수입이 따라옵니다. 책을 팔아서 버는 돈을 인세라고 하는데요. 인세는 책 쓰기를 잘 했다고 생각하게 만들어주고 꾸준히 책 쓸 동기를 부여합니다. 책 쓰기가 아무리 고상한 행위라고 해도 돈을 한 푼도 벌 수 없다면 몇 개월 동안 고생해 서 글을 쓰는 사람은 없겠죠. 내면을 다지면서 돈까지 벌 수 있으니 책 쓰기가 이렇게 좋습니다.

제가 책을 출간하고 지인으로부터 받은 질문 중에 가장 많았던 건 "책 출간하면 돈 얼마나 벌어요?"예요. 책을 쓰면 곧바로 돈방석에 앉을 거라고 착각하는 동료도 있었고요. 진짜일까요? 인세는 얼마나 될까요?

속 시원한 직장인 책 쓰기 궁금증 해결

인세는 통상 정가의 10%입니다. 신인 작가라면 7~8%일 수도 있고, 유명 작가라면 10%가 넘을 수도 있습니다. 판매부수에 따라 5,000권까지는 8%, 5,000권 이후부터는 10%를 지급하는 형식으로 계약하기도 하고요. 출판사와 어떻게 계약하느냐에 따라 미세하게 다릅니다. 저는 다섯 권의 책을 출간하면서 10% 4번, 8% 1번으로 계약했습니다. 15,000원짜리 책을 한 권 팔면 1,500원이 저자 통장에 들어옵니다. 100권이 팔린다면 150,000원이 들어오는 셈이죠.

만약 내 책이 대박이 나서 만 권 팔린다면, 천오백만 원이 입금됩니다. 십만 권이 팔리면 1억 오천만 원이 들어오죠. 상상만 해도 입가에 미소가 지어집니다. 저도 책을 출간할 때마다 목돈을 벌어 회사를 그만두는 상상을 해요. 하지만 이런 일은 일어나지 않았습니다.

출판사에서 초판은 보통 1,500부에서 2,000부밖에 인쇄하지 않습니다. 그럼에도 초판 인쇄부수가 다 팔리지 않는 경우가 대부분입니다. 지난해 네 번째 책 원고를 쓸 때, 편집자는 이렇게 말했습니다. "5,000부만 팔리면 좋겠어요." 만 권, 십만 권은 꿈에서나 볼 수 있는 숫자입니다.

✎ 5년 동안 받은 인세는 900만 원

대박의 꿈을 안고 글을 쓰고 책을 내지만 대박을 치는 경우는 별로 없습니다. 제가 지금까지 받은 인세 수익은 900만 원입니다. 두, 세 번째 책은 계약금밖에 못 받았습니다. 초고 쓰기, 퇴고, 투고, 편집, 출간이라는 지난한 과정을 거쳐서 책을 출간했지만 손에 쥘 수 있는 돈은 백만 원밖에 되지 않는 경우도 있는 거죠. 실망하지 않았다면 거짓말이겠지만 그렇다고 주눅 들지도 않았습니다. 책이 많이 팔리면 좋겠지만 판매부수가 전부는 아니니까요. 인세는 책 쓰기가 주는 하나의 즐거움일 뿐입니다. 돈만 바라고 책을 쓴다면 금방 지쳐서 책 쓰기를 이어가지 못할 겁니다.

이상민 작가는 《책 쓰기의 정석》에서 부자가 되기 위해 책을 쓰는 걸 경계하라고 조언합니다. "수많은 책 쓰기 강사들은 장밋빛 미래만 말한다. 이것은 사기에 가까운 행위이며 통렬한 반성이 있어야만 한다고 생각한다. 책 1권을 써서 지금 당장의 삶이 엄청나게 달라지는 일은 거의 없다."

임승수 전업 작가도 《삶은 어떻게 책이 되는가》에서 말합니다. "대한민국에서 인문사회 분야 책을 쓰는 전업 작가로 산다는 것은 애초에 부자로 살기는 거의 글러먹었다는 얘기다."

✍️ 책 쓰기는 긁지 않은 복권을 모으는 일

책 쓰기는 당장의 돈벌이가 아닌 자신을 위한 가치 투자입니다. 내 책이 어느 시점에 잘 팔릴지는 아무도 모릅니다. EXID의 〈위아래〉, 브레이브 걸스의 〈롤린〉처럼 갑자기 빛을 볼지도 모르고요. 게다가 책을 쓰는 데 드는 비용은 내 인건비를 제외하면 0원에 가깝습니다. 자비 출판이라면 상황은 다르겠지만 출판사에서 출간에 드는 비용을 부담하는 기획출판이라면 저자는 글 쓰며 홀짝거리는 커피 값만 부담하면 됩니다.

　책을 쓰면 돈을 많이 벌 거라고 생각했던 분에게는 미안한 마음을 전합니다. 돈도 안 되는데 왜 3개월의 시간을 투자해서 책을 쓰라고 하냐고 불평할지도 모르겠습니다. 하지만 인세 수익과 무관하게 나는 반드시 한 단계 성장합니다. 직장에 다니고 있으니 책이 잘 팔리면 대박, 안 팔려도 괜찮다고 생각하세요. 밑져야 본전이잖아요. 인세 수입은 적긴 하지만 회사에서 스트레스를 받은 날에 치킨과 맥주를 마음껏 먹을 수 있는 정도는 됩니다.

　책 쓰기는 긁지 않은 복권을 사는 것과 같습니다. 1등에 당첨될지, 꽝일지는 복권을 긁기 전까지는 모릅니다. 어차피 당첨되지도 않을 복권을 왜 사냐고요? 복권을 사지 않으면 당첨될 가능성은 0이지만 복권을 구입하면 당첨될 확률이 생기니까요. 그리고 복권과 다르게 책 쓰기는 꽝이 없습니다. 아무리 못해도 로또 3등 이상의 값어치를 할 뿐만 아니라 내적으로는 1등 당첨과 다를 바 없는 효과를 얻을 수 있습니다.

2

내 출간을 동료에게 알리지 마라

이순신 장군은 자신의 죽음을 앞두고 말했습니다. "내 죽음을 적에게 알리지 마라." 왜군이 자신의 죽음을 눈치 채면 기세등등하게 쳐들어올 걸 염려한 것이었죠. 직장을 다니면서 책을 쓰는 일은 대단한 일입니다. 여가 시간에 밀린 잠을 자거나 놀기만 해도 시간이 부족한데 책을 쓰다니요. 책을 쓰기 시작하면 나도 모르게 어깨가 으쓱하고 동료에게 자랑하고 싶은 마음이 생깁니다. '나는 이렇게 열심히 하고 있어, 누가 내 대단함을 알아봐 줘.'

첫 번째 책을 쓰고 책을 쓴 사실을 동료 직원들에게 알렸습니다. 저자증정본 10권을 받아 팀장님께 한 권, 그룹장님께 한 권 드렸습니다. 직속상관에게 책을 선물해야 한다는 도의적인 마음보다는 내가 이렇게 놀라운 일을 해냈다고 자랑하고 싶었습니다. '나는 바쁜 시간을 쪼개서 책을 쓰는 사람입니다. 어때요? 정말 대단하지 않나요?'라고 뽐내고 싶었습니다. 나를 다르게 바라봐주길 바랐고 특별한 존재가 되고 싶었습니다.

✎ 책을 쓰는 건 득, 책을 쓴다고 알리는 건 독

상사에게 책을 선물했으니 팀 내에 소문이 퍼지는 건 순식간이었습니다. 내심 바라던 것이었습니다. 동료들은 언제 책을 썼냐며, 인세는 얼마냐고 질문 공세를 퍼부었습니다. 어깨를 으쓱하며 친절하게 대답해주었습니다. 며칠 동안 하늘 위에 붕 뜬 기분이었습니다. 하지만 제가 실수했다는 걸 깨닫는 데는 많은 시간이 걸리지 않았습니다. 부서 회식 자리, 술에 취한 동료들은 책 쓰느라 일 대충하는 거 아니냐는 농담 섞인 질문을 했습니다. 만약 책이 베스트셀러가 되면 회사 그만두는 것 아니냐고도 말했습니다. 그들은 우스갯소리로 이야기했지만 그런 질문을

속 시원한 직장인 책 쓰기 궁금증 해결

받으며 저는 많은 생각을 했습니다.

책을 쓸 때는 회사 업무에 지장을 주지 않는 게 철칙이었습니다. 책을 쓰기 위해 회사 일을 소홀히 했다면 책을 출간했다고 자랑하지 않았을 겁니다. 평소처럼 일을 하면서 자투리 시간에 책을 썼기 때문에 출간을 자랑한 것이었습니다. 하지만 이 생각은 순전히 저 혼자만의 착각이라는 걸 깨달았습니다. 평소와 같이 일찍 퇴근해도 동료는 제가 책을 쓰기 위해 일찍 퇴근한다고 생각할 수 있습니다. 전날 과음을 해서 컨디션이 나쁜 건데, 책을 쓰느라 잠을 못자서 컨디션이 나쁜 것으로 오해받을 수 있습니다.

사실 저도 똑같은 경험이 있습니다. 재테크를 잘해서 주식, 부동산으로 부를 축적하는 동료를 보면 같은 일을 해도 설렁설렁 하는 것 같은 편견이 들었습니다. 저는 야근을 하는데, 동료가 야근하지 않고 퇴근 하는 모습이 얄밉기도 했고요. '재테크로 충분히 돈을 벌었으니까 대충 회사 다니는구나.'하고 생각했습니다. 상대방이 어떤 마음가짐으로 회사를 다니는지, 어떤 자세로 업무를 대하는지 알려고 하지 않았습니다.

다른 사람의 입장이 되어 저를 바라보니 책을 썼다고 자랑한 게 얼마나 경솔한 일이었는지 알게 되었습니다. 제가 책을 쓴 걸 동료가 안다고 해서 득이 될 건 하나도 없었습니다. 오히려 독이 되었습니다. 부서를 대표해서 문서를 작성하거나 글을 써야 할 때 다들 저를 쳐다봤습니다. 주변의 관심을 받고 글을 쓰는 업무를 맡고 싶었다면 모르겠지만, 저는 이런 업무를 추가로 받고 싶지는 않았습니다. 작가니까 남들과 다르게 문서를 작성할 것이라는 부담 때문에 더 힘들었습니다.

글을 쓰면서 직장 밖에서 제 2의 일을 전개하고 싶다면 책을 쓴 것을 알리지 마세요. 누군가에게 자랑하고 싶은 마음이 일거든 가족이나 친구에게 자랑하세요. 직장 동료에게 자랑한들 고운 시선을 받기는 어려울 겁니다. 직장을 다니며 책을 쓴 사람을 보면 대단하다고 생각하지만 그게 나와 함께 일하는 동료이기를 바라는 사람은 별로 없습니다. 물론 진심으로 기뻐해주고 응원해주는 동료도 있습니다. 하지만 대다수는 의심의 눈초리로 나를 평가한다는 걸 잊지 마세요. 소수에게 칭찬받기 보다는 다수에게 나쁜 인식을 주지 않는 것이 직장인으로서 갖춰야 할 현명한 처세술입니다.

책을 출간한 걸 동료에게 들키면 어떻게 하냐고요? 만약 동료가 내게 책을 썼냐고 물어보면 따로 불러 조용히 커피 한잔 사주면서 대답하세요. "책을 쓴 건 맞다. 취미 삼아 틈틈이 글을 썼는데 운 좋게 출간까지 연결됐다. 다른 동료들에게는 비밀로 해줘요." 라고요.

직장에서 나를 내세우고 싶을 때는 직장 안에서 이룬 성과를 자랑하세요. 얼마나 업무에 능숙한지, 외국어에 능통한지, 인적 네트워크가 훌륭한지 등으로요. 직장을 다니면서 책을 썼다고 자랑하는 순간 상사가 나를 보는 눈빛이 매서워질 확률이 높습니다. 앞으로도 직장을 다니면서 계속 책을 써야 하는데, 굳이 위험을 감수할 필요는 없겠죠?

—
3

야 너두?
글쓰기는 너도 나도 어렵습니다.

어젯밤부터 오늘 새벽까지 어떤 글을 쓸지 갈피를 잡지 못했습니다. 글을 쓰고 싶은 욕망은 끓어오르는데, 어떤 글을 써야 할지 모르는 상황을 마주할 때마다 고구마를 먹고 목이 막힌 느낌이 들어요.

유튜브에서 '마음이 평온해지는 피아노 선율'이라는 다섯 시간짜리 음악을 틀었어요. 새하얀 모니터를 보다가 왼쪽으로 고개를 돌려 하늘색 창밖을 보길 반복해요. 모니터보다 창밖이 그나마 나아요. 가끔 비둘기가 날아올라 하늘에 점을 찍으니까요.

생각 끝에 화면에 글을 올리기 시작합니다. 하얀 바탕이 검정 문장으로 채워지면 꽉 막힌 목구멍이

속 시원한 직장인 책 쓰기 궁금증 해결

콜라를 마신 듯 뻥 뚫려요. 글을 쓰는 시간보다 어떤 글을 쓸지 고민하는 데 더 오래 걸릴 때도 많아요. 글쓰기는 쉬우면서도 어렵습니다. 어떤 글을 써야 할지 고민하는 일은 글쓰기를 가로막는 거대한 장애물이에요. 하루 이틀이야 그럭저럭 참을 수 있지만 열흘, 한 달이 넘으면 막막해져요. '나는 역시 글쓰기에 소질이 없어, 내가 무슨 글이람.'이라고 생각하며 글쓰기를 포기해요.

✍️ 유명 작가에게도 고된 글쓰기

하지만 누구에게나 글쓰기는 힘들고 두려워요. 나만 어려운 것이 아니에요. 모두가 똑같이 백지를 쳐다보고 있어요. 고민하는 건 당연해요. 무엇을 쓸지 씨름하는 것도 글쓰기, 책 쓰기의 일부니까요. 글을 잘 쓴다고 인정받는 작가들도 글쓰기의 어려움을 토로합니다.

"나만 힘든 것이 아니다. 원래 글쓰기는 어려운 것이고, 남들도 어렵다. 본래 글쓰기는 재미없고

힘들다. 무에서 유를 창조하는 과정이다. 백지를
응시하는 고통이 따른다."

──────────────── 강원국, 《강원국의 글쓰기》

지금까지 베스트셀러만 출간한 강원국 작가도 백
지를 응시하며 진땀을 흘리고 있어요.

"말하는 두려움을 극복하는 가장 좋은 방법은 그
냥 말하는 것이다."

──────────────── 강원국, 《나는 말하듯이 쓴다》

'말'을 '글'로 바꿔도 뜻이 통해요.

"더 나은 사람이 되려면 우리는 실수와 한계를 드
러내는 일에 두려움을 갖지 않아야 한다. 가장 많
은 실수를 드러내는 사람이 '가장 열심히 노력하
는 사람'이다. 그러니 그것들을 보여주는 건 자랑
스러운 일이지, 부끄러워할 이유가 아니다."

──────────────── 팀 페리스, 《타이탄의 도구들》

부족한 글이어도 괜찮아요. 글을 쓰는 것은 자랑스

러운 일이에요. 무언가를 쓰면 무언가를 배울 수 있지만 아무것도 하지 않으면 아무것도 변하지 않아요.

> "가끔, 내가 글을 쓰는 사람이 맞나 싶을 정도로 백지 앞에서 아득하다. 참으로 얄궂다. 쓰고 나면 아무것도 아닌데 쓰기 전엔 불가능해 보인다."
>
> ──────────── 은유, 《쓰기의 말들》

> "수평선 너머로부터, 내가 기다리는 새로운 언어는 날아오지 않았고, 내가 바다 쪽을 바라보는 시간은 날마다 길어졌다. 나는 조금씩 일했고 많이 헤매었다. 나의 일은 글을 쓰는 것이었는데, 일보다 헤매기가 더 힘들었다.", "집으로 돌아갈 때 나는 느낌으로 가득 차서 여관으로 돌아간다. 내 느낌은 대부분 언어화되지 않는다."
>
> ──────────── 김훈, 《라면을 끓이며》

은유 작가, 김훈 작가의 글에 위안을 받습니다. 그들의 고백이 제 고민과 겹쳐져요. 그들도 글을 쓰기 위해 부단히 애쓰고 있었습니다. 글쓰기의 어려움은 나만 느끼는 게 아니에요. 글 쓰는 모든 사람이 하나

같이 공유하는 자연스러운 감정이에요. 첫 문장을 쓰고, 한편의 글을 완성하면서 어려움은 즐거움으로 바뀌어요. 어려움보다 즐거움이 더 크다는 것을 알기에 오늘도 두 손을 키보드에 올려요.

> "'정신승리법'이 필요할 때가 있다. 글쓰기가 힘이 들 때, 어려움을 참고 견디면서 글을 써야 할 때 그런 것이 있으면 좋다. 글을 읽고 쓸 수 있다는 것은 문명이 선사한 축복이다. 마음만 먹으면 누구나 한껏 누릴 수 있는 특권이다. 그렇게 생각하면 글쓰기 훈련이 덜 고되게 느껴진다. 이것이 내가 직업적 글쟁이로서 자주 쓰는 정신승리법이다."
>
> ─────────── 유시민, 《유시민의 글쓰기 특강》

글쓰기의 달인, 전업 작가라고 해서 글을 쉽게 쓰는 건 아니에요. 모두 똑같이 백지를 바라보고 어떤 글을 쓸지 고뇌하고 있습니다. 글쓰기의 어렵다는 걸 알면서도 이를 이겨내는 것은 성취이자 성장이에요. 글 쓰는 게 힘들더라도, 어떤 글을 써야 할지 떠오르지 않더라도 좌절하지 마세요. 이 어려움은 이겨낼 수 있는 어려움이며 누구나 느끼는 것이니까요.

4

책 쓰기 학원에 다녀야 하나요?

처음 책을 쓰려고 마음먹었을 때 한참 고민했던 건 '책 쓰기 학원에 등록할까?'였습니다. 포털 사이트에서 책 쓰기를 검색하면 책 쓰기 학원 광고 사이트가 쭉 나옵니다. 대표적인 책 쓰기 학원의 네이버 카페에 가입해서 올라온 게시물을 읽었습니다. 1일 특강으로부터 시작해서 정규수업 등록까지, 약 천만 원에 달하는 비용이 들지만 확실히 책을 낼 수 있도록 지원한다는 프로그램이었습니다. 수강생의 만족도는 높아보였습니다. 한 달 만에 초고를 쓰고 투고와 계약까지 일사천리로 진행됐다는 후기가 많았습니다. 이 모든 영광을 책 쓰기 학원 대표와 코치에게 돌리면서요. 수강생의 계약 후기를 볼 때마다 '나도 대출받고 책 쓰기 학원에 다닐까?'라는 생각을 했습니다. 일주일에 두세 번은 카페에 접속해서 새로 올라온 글을 읽고 수강생의 동향을 살폈습니다. 카페에 자주 접속해서 성실회원으로 분류되는지 어느 날은 책 쓰기 학원으로부터 전화도 받았습니다.

"○○ 책 쓰기 학원입니다. 책 쓰기에 관심이 많으신 것 같네요, 저희 학원에 1일 특강 수업 들으러 오세요."

"아, 네 알겠습니다. 전화해주셔서 감사합니다."

결과적으로 저는 학원에 등록하지 않고, 혼자서 책을 썼습니다. 학원에 가지 않은 이유는 천만 원에 육박하는 수강료가 부담스러웠기 때문입니다. 그리고 학원을 다니지 않더라도 얼마든지 책 쓰기 공부를 할 수 있었습니다. 도서관에는 책 쓰기 책이 진열되어 있습니다. 서너 권만 읽으면 어떻게 책을 써야 하고 내가 할 일이 무엇인지 알게 됩니다. 굳이 천만 원을 들여 책 쓰기 학원에 등록할 필요는 없습니다. 조급할 필요도 없습니다. 내 페이스대로 글쓰기를 연습하고, 책 쓰기를 시도해서 준비가 되었을 때 원고를 쓰면 됩니다.

✏️ 책은 스스로 쓰는 것

책을 쓰고야 말겠다는 의지가 가장 중요합니다.
도저히 혼자서는 책을 쓸 수 없어서 학원에 등록하
는 사람도 있을 겁니다. 책 쓰기 강의를 듣고, 커리
큘럼을 제공받고, 여러 명이 모여 함께 글 쓰는 분위
기가 조성돼야 책 쓰기에 매진하는 사람도 있습니
다. 각자의 성향에 따라 학원에 등록하는 게 효율적
일 수도 있습니다.

모든 일이 비슷하지만 책 쓰기는 진정한 자신과
의 싸움입니다. 아무리 책 쓰기 학원 강사가 책 제목
을 지어주고, 목차를 선물하고, 인용할 도서 목록을
제공한다고 해도 글을 쓰는 건 나입니다. 책 쓰기 코
치가 나를 대신해서 책을 쓸 수 없습니다. 내면을 탐
색하는 고독한 시간을 버티고 글을 쓰는 것도 나입
니다. 어차피 혼자서 끙끙 앓으며 글을 써야 하는데,
천만 원에 달하는 비용은 과하다는 생각이 듭니다.

수강생들의 계약 후기를 하나둘 읽어보면 학원만 다니면 책을 쓸 수 있을 거라는 기대감이 생깁니다. 학원에 다니는 게 안 다니는 것보다 나을지 모르지만 책 쓰기에 한정해서는 저는 이렇게 생각합니다. 학원에 다녀서 책을 쓸 사람이었다면 학원에 다니지 않아도 충분히 책을 쓸 수 있는 사람이라고요.

만약 '나는 혼자서 책을 쓰는 건 너무 힘들다, 나는 학원 체질이다, 누군가가 옆에서 긴장을 불어넣고 관리해야 책을 쓸 수 있다.'고 생각한다면 책 쓰기 학원을 두드려보세요. 하지만 터무니없이 비싼 학원은 추천하고 싶지 않습니다. 수강생 본인 삶에 도움이 되는 책을 쓰도록 안내하는지, 돈벌이 수단으로 이용하는 건지 잘 판단하세요. 잘 찾아보면 몇십만 원 대의 합리적인 가격으로 책 쓰기 강의를 운영하는 작가도 많습니다. 부담이 되지 않는 비용으로 책 쓰기 강사의 도움을 받으시기 바랍니다.

5

본캐와 부캐의 시소 타기

책 쓰기에 빠져들고 초고의 절반 이상을 쓰는 시점이 되면 책 쓰기가 일상의 일부가 됩니다. 자고 일어나면 어떤 글을 쓸지 생각하게 되고 자려고 누웠을 때도 무슨 글을 쓸지 떠오릅니다. 어떨 때는 꿈에서 글을 쓸 때도 있습니다. 초고를 완성하고 말겠다는 열망이 불타오릅니다.

책 쓰기만 놓고 봤을 때는 더할 나위 없이 기다려 온 순간입니다. 내가 글을 쓰는 건지 글이 나를 쓰는 건지 모를 정도입니다. 책 쓰기에 심취한 이 순간, 다시 한 번 나를 돌아보기를 권합니다. 열심히 글을 쓰고 있는데 무슨 말이냐고요?

앞서 책 쓰기의 우선순위를 최대한 끌어올리라고 말했습니다. 책을 쓰기 위해 과즙을 짜듯 글 쓸 시간을 만들라고 당부했습니다. 무슨 일이 있어도 기필코 책을 쓰겠다는 독기를 품어야 한다고 이야기했습니다. 맞습니다. 여기까지는 참 좋습니다. 문제는 책 쓰기에 빠지면 빠질수록 책 쓰기의 우선순위가 끝을 모르고 올라간다는 것입니다.

✒ 직장인과 작가 사이의 균형을 잡자.

우리는 직장인입니다. 전업 작가가 아니에요. 직장인의 본분은 업무 시간 동안 일에 집중하는 것입니다. 간혹 책 쓰기에 도취된 나머지 직장에서 어떤 글을 쓸지 생각하는 경우가 있습니다. 회의에서 목차 생각을 하다가 핵심 정보를 놓칩니다. 화장실에서 볼일을 다 보고 난 뒤에도 변기에 앉아 메모장을 열고 글을 씁니다.

책 쓰기의 우선순위를 최대한 높여야 하는 건 맞지만 업무에 영향을 줄 정도가 되면 안 됩니다. 사무실에 들어서고 사무실에서 나서는 순간까지는 일에 몰입해야 해요. 업무 시간에 제대로 일할 수 있어야 회사 밖에서 당당하게 글을 쓸 수 있습니다. 전업 작가를 꿈꾸며 글을 쓰는 건 좋지만 회사 안에서까지 전업 작가가 될 필요는 없습니다.

회사와 신의성실의 의무를 지키며 일하기로 계약했기 때문이 아닙니다. 해야 할 일과 하지 말아야 할 일을 정확하게 분리하기 위해서입니다. 회사에서 일은 하지 않고 주식 창을 보거나 부동산 정보를 찾아보는 동료를 어떻게 생각하나요? 열심히 일하든 대충 일하든 어차피 받는 돈은 똑같으니까 현명해보이나요? 아닙니다. 그들은 어떤 일을 해도 성실하게 하지 않을 거라는 인상을 줍니다. 상사, 동료, 후배 모두 똑같이 생각해요. 가능하면 같이 일하고 싶지 않죠.

책 쓰기의 우선순위를 높여서 회사 안에서 메모장을 열고, 목차를 구성하는 건 일하면서 주식 창을 보고 부동산 정보를 찾는 것과 같습니다. 내 입장에서는 미래를 대비하며 시간을 효율적으로 이용하는 것이지만 다른 사람이 보기에는 좋지 않은 행동입니

다. 나 자신을 위해서도 좋지 않습니다. 나는 직장인
이지 전업 작가가 아닙니다.

그렇다고 날마다 야근하면서 회사를 위해 목숨을
바치라는 건 아닙니다. 일찍 퇴근하든 늦게 퇴근하
든 회사에 있는 시간만큼만 회사 업무에 몰입하라는
뜻입니다. 마음속으로 공간을 분리하세요. 회사 안
에서 해야 하는 일, 회사 밖에서 해야 하는 일을 칼
로 두부 자르듯이 이등분하세요.

부캐가 빛나려면 본캐가 탄탄해야 합니다. 본캐 없
이는 부캐도 없습니다. 부캐가 본캐의 영역을 침범하
는 걸 경계하세요. 본캐 직장인과 부캐 작가가 동시
에 나아갈 수 있도록 균형을 잡으시기 바랍니다.

속 시원한 직장인 책 쓰기 궁금증 해결

6

국문과 출신이에요?
아니요, 공대 나왔는데요.

"에이 제가 무슨 책을 쓰겠어요, 저 글 못 써요."

"작가나 책을 쓰지 저는 그냥 평범한 직장인이잖아요."

제가 책을 쓴 것에 관심을 가진 동료에게 한 번씩 권유합니다. "혹시 ○○씨도 책 써볼 생각 없어요? 좋아하는 게 있으면 누구나 책 쓸 수 있어요." 이렇게 물어보면 첫 번째, 두 번째 문장 같은 대답이 돌아옵니다.

책 쓰기, 참 부담스럽습니다. 책을 쓰라는 말을 들으면 덜컥 겁부터 납니다. 회사 업무에 몰두해야 하는 직장인에게는 더더욱 어려운 일입니다. 직장생활의 무용담을 읊으면 책 한두 권으로는 어림도 없다고 말하는 사람도 정작 책을 쓰라고 하면 쓸 생각을 못합니다.

책 쓰기가 부담스러운 이유는 누구나 책을 쓸 수 있다는 사실을 믿지 못해서입니다. '에이, 내가 무슨 책이람. 읽지도 않는 책을 무슨 수로 쓰겠어.'라고 선을 긋습니다. 책을 쓸 생각을 하더라도 실천으로 옮기지 못하고요.

직장생활의 무용담을 읊으면 책 한두 권으로는 어림도 없다고 말한 앞사람처럼 저도 프로게이머로 활동했을 때의 경험을 글로 썼습니다. 책 서너 권은 너끈히 쓸 수 있을 거라 생각했습니다. 하지만 실제로 글을 써보니 생각했던 것과 달랐습니다. 내가 가장 잘 아는 분야라고 해서 손쉽게 글을 쓸 수는 없었습니다. 생각을 논리정연하게 글로 정리하는 건 아는 것과 가르치는 것의 차이만큼 컸습니다. 머릿속에 맴도는 생각, 알고 있다고 생각하는 것을 글로 풀기가 어려웠습니다. 글을 써보니 내가 진짜 아는 건지, 아는 척 한 건지 알게 되었습니다.

속 시원한 직장인 책 쓰기 궁금증 해결

✒ 책은 마음으로 쓴다.

책을 쓸 용기를 내고 꾸준히 쓸 수 있었던 이유는 할 수 있다는 마음 덕분이었습니다. 글다운 글을 쓴 건 중학생 때 백일장 이후로 처음이었습니다. 국문과를 전공한 것도 아니고 글을 꾸준히 쓴 것도 아니었습니다. 블로그를 운영하지도 않았고, 웹 사이트에 글을 올린 적도 없습니다. 글쓰기와 15년 넘게 담을 쌓았습니다. 초고를 쓰기 시작하고 처음 일주일 동안은 글이 잘 써지지 않았습니다. 힘들었습니다. 왜 책을 쓰고 있는지, 이 시간에 텔레비전이나 보는 게 낫지 않을까 생각했습니다. 아내에게 당당하게 인세를 벌어오겠다는 선언이 무용지물이 될 것 같았습니다. 그래도 꾸역꾸역 썼습니다. 맞는 말인지 틀린 말인지도 모른 채 그냥 썼습니다. 쓰고, 쓰고 또 썼습니다. 쓰다 보니 마지막 페이지가 보였습니다. 원고는 엉성하고 볼품없었습니다. 그래도 책 한 권 분량을 쓰니 관심을 보이는 출판사가 있었습니다. 출판사는 전체 원고를 투고하는 저자를 좋아합니다. 검토하기 수월하고 금방 출간할 수 있기 때문입니다.

문법이 맞지 않더라도, 내용이 어색하더라도 분량을 채우면 투고할 수 있습니다. 설령 투고에 실패하더라도 자가 출판이나 전자책으로 출간할 수 있습니다. 수려하게 글을 잘 쓰는 게 중요한 게 아닙니다. 분량을 채우느냐 못 채우느냐 싸움입니다.

책을 쓰는 데 전공과 자격증은 필요 없습니다. 핵심 메시지를 움켜쥐고 글의 양을 채워나가기만 하면 됩니다. 포기하지 않으면 분량을 채울 수 있습니다.

✒️ 태어날 때부터 작가는 없다.

처음부터 작가, 명필가인 사람은 없습니다. 유시민 작가는 《유시민의 글쓰기 특강》에서 말합니다. "안도현이나 고은처럼 멋진 시를 쓰지 못한다고 해서 인생을 비관할 필요는 없다. 저마다 쓸 수 있는 글을 쓰면 된다. 중요한 것은 학습과 훈련과 경험이다. 재능이 아니다. 누구든 노력하고 훈련하면 비슷한 수준으로 해낼 수 있다. 노력한다고 해서 누구나 안도현처럼 시를 쓸 수 있는 건 아니다. 하지만 누구든 노력하면 유시민만큼 에세이를 쓸 수는 있다. 해보지도 않고 좌절하거나 포기할 이유는 더욱 없다."

장강명 작가도 《책 한번 써봅시다》에서 덧붙입니다. "대학 문예창작학과에 대해서도 환상을 품고 있는 분들이 꽤 많다. 문예창작과를 다니면 글쓰기 실력이 몇 단계 업그레이드된다거나, 문예창작과 출신에게만 전수되는 엄청난 비기를 배울 수 있다는 식으로. 터무니없는 착각이다. 결론부터 말하자면 문예창작학과는 의대나 법학전문대학원과 다르다. 필수 코스는 절대 아니다. 글쓰기를 업으로 삼겠다고 다짐한 젊은이들이 문예창작과에 다닌다면 좋은 선생님과 동료들을 만나 자극과 용기를 얻을 수 있다. 그 정도다."

우리의 목표는 책을 쓰는 것입니다. 노벨문학상 후보에 올릴 소설, 시를 쓰는 게 목표가 아닙니다. 일반교양서는 누구나 쓸 수 있습니다. 책 쓰기에 관심이 많은 후배가 저를 찾아와서 정말 책을 쓸 수 있냐고 물어본다면 이렇게 이야기할 겁니다.

"야, 너도 책 쓸 수 있어."

7

전업 작가가 되면 행복할까

지난해부터 네이버 블로그, 카카오 브런치에도 글을 올리고 있습니다. 글쓰기를 좋아합니다. 누가 시키지 않아도 글을 씁니다. 글을 쓰면서 복잡한 생각을 정리하고 단어와 단어를 조합하는 게 재밌습니다. 가끔 제가 쓴 글을 보고 참 잘 썼다고 생각할 때도 있습니다. 아주 가끔. 이렇게 스스로 동기부여 하면서 글쓰기에 흥미를 붙입니다.

글쓰기에 빠지다 보니, 간혹 '전업 작가가 되면 어떨까?'하는 생각이 뇌리를 스칩니다. 글만 쓰면서도 사는 데 필요한 돈을 벌 수 있는 삶. 글쓰기를 좋아하는 사람이라면 누구나 꿈꾸는 삶일 거예요. 눈을 감고 전업 작가가 된 제 모습을 상상해봅니다.

전업 작가는 말 그대로 글 쓰는 게 본업인 사람입니다. 글을 써서 돈을 벌고 생계를 꾸립니다. 소설가, 시인, 드라마 작가 등이 해당하겠죠.

오로지 글만 쓰며 밥벌이를 할 수 있는 사람은 극히 드뭅니다. 베스트셀러 작가가 되지 않는 이상 인세 수익도 고만고만합니다. 다섯 권의 책을 쓴 저는 한 달에 10만 원 남짓한 인세를 받고 있습니다. 만약 글만 쓰면서 회사에서 받는 월급만큼 돈을 벌 수 있다면 내일이라도 사직서를 제출할 용의가 있습니다.

돈도 돈이지만 전업 작가가 되었을 때 글을 쓰는 게 지금처럼 즐거울지도 걱정이에요. 지금은 글을 쓰고 싶을 때 편하게 씁니다. 손 가는 대로 글을 쓰면서 스트레스를 풉니다. 아무도 일요일 저녁 7시까지 원고를 보내라고 재촉하지 않습니다. 글을 쓰지 않으면 안 되는 상황이 닥치거나 마감에 쫓긴다면 과연 글쓰기가 즐거울까요? 저는 아니라고 생각합니다.

✎ 자유롭게 쓸 때 잘 써집니다.

20대 초중반, 게임에 빠져 프로게이머로 활동했습니다. 날마다 12시간씩 실컷 스타크래프트를 플레이했지만 프로게이머가 되기 전보다 게임이 재밌지 않았습니다. 게임하는 게 힘들 때도 많았습니다. 이기는 데 모든 정력을 쏟아야 했고 지지 않기 위해 발버둥 쳤습니다. 게임 자체를 즐기기보다 승리하는 데 온 신경을 집중했습니다. 게임을 하면서 웃는 순간은 이겼을 때뿐이었습니다.

글쓰기, 책 쓰기도 같을 겁니다. 외부의 압박을 받으며 글을 쓰면 즐거움이 반감됩니다. 글 쓰는 게 재미있는 이유는 써도 그만 안 써도 그만이기 때문입니다. 쓰고 싶을 때 자유롭게 글을 쓰니 얼마나 신납니까. 글쓰기가 본업이 되는 순간 글쓰기는 점점 재미없어질 거예요. 억지로 쓰는 글에 재미가 비집고 들어갈 틈은 없습니다.

이동영 작가는 저서《너도 작가가 될 수 있어》에서 전업 작가를 꿈꾸는 사람에게 조언합니다. "책을 출판하는 게 무척 쉬워졌습니다. 강좌에 온 많은 사람이 '죽기 전에 내 이름으로 된 책 출간'을 얘기했는데요. 마음만 먹는다면 당장이라도 얼마든지 책을 낼 수 있습니다. 중요한 것은 책의 출판 여부가 아니라, 작품성 혹은 상품성입니다. 누군가 전업 작가를 하겠다는 이유로 퇴사를 결심한다면 저로선 말리고 싶습니다. 작가로 돈을 번다는 건 쉽지 않습니다. 불과 상위 몇 %만이 인세로 생계가 가능하지요. 나머지 작가들은 방송, 강연, 다작이 아니면 기본 생계도 쉽지 않습니다."

그렇다고 전업 작가가 되는 꿈을 포기하지는 않을 거예요. 어떤 일을 하건 스트레스는 받을 수밖에 없는데 이왕이면 좋아하는 일을 하며 스트레스를 받는 게 낫죠. 앞으로도 직장을 다니며 글을 쓸 생각입니다. 작가의 벌이가 직장인의 벌이를 넘어서는 순간이 오기를 꿈꿉니다. 현실과 이상 사이를 지그재그로 오가며 한 걸음씩 이상에 다가가고 싶습니다.

포기하지 않으면 언젠가 꿈이 이루어질 거라 믿습니다. 전업 작가가 되어 즐겁게 글만 써도 되는 그날을 상상합니다. 입꼬리가 살짝 올라갑니다. 이런 희

망을 품으니 글쓰기가 더 재미있습니다.

자, 공상은 여기까지.

미래에 글만 쓰는 날을 꿈꾸며 오늘도 현실에 주어진 일을 처리하러 갑니다.

속 시원한 직장인 책 쓰기 궁금증 해결

TIP [3] 목차 구성하기

앞서 두 차례 TIP에서 어떤 메시지를 책에 담고 누구에게 이야기할지 고민했습니다. 메시지와 독자를 정했으니 이제 내가 하고 싶은 말을 구체적으로 전달해야겠죠. 독자에게 메시지를 명확하게 전달하기 위해서는 책의 구조가 탄탄하고 논리적이어야 합니다. 독자가 내 이야기에 풍덩 빠질 수 있도록 말이죠.

✍ 목차는 책의 설계도입니다.

잠실 롯데타워처럼 거대한 건물을 짓는다고 생각해보세요. 어느 곳에 어떤 재질로 된 기둥을 세우고 골조를 연결할지 구조 설계부터 인테리어, 배선 연결, 공기 조화까지 꼼꼼하게 설계를 하고 공사를 시작할 겁니다.

지진, 태풍, 폭우 각종 악조건에서도 견딜 수 있도록 실제상황과 같은 컴퓨터 해석도 진행하고요. 이렇게 따지고 따져서 가장 효율적인 방법을 정리한 후에 건물을 짓기 시작합니다. 이미 어떤 건축물이 완성될지 100% 아는 상태에서 공사를 진행하는 거죠.

책도 마찬가지입니다. 책의 대들보가 되는 장부터 부자재인 꼭지까지 어우러져서 하나의 책을 지탱합니다. 어떻게 건물을 지을지 미리 설계하는 것처럼 어떤 흐름으로 책을 집필할지 미리 구상하며 목차를 짜야합니다. 글을 쓰다 보면 새로운 아이디어가 떠오르기도 하고 필요했던 꼭지가 불필요한 경우도 있습니다. 그러나 처음에 정한 목차에서 틀어지면 틀어질수록 수정해야 할 원고의 양이 늘어납니다.

목차라고 하면 책 쓰기 책에서 알려주는 것처럼 출판사와 독자를 사로잡는 섹시한 제목을 지어야 한다고 생각하는 사람도 있습니다. 맞는 말입니다. 제목이 매력적이면 독자들이 한 번이라도 더 책에 관심을 가질 확률이 높습니다.

여기서 말하고 싶은 책의 목차는 눈길을 끄는 목차가 아닙니다. 투박하고 긴 문장이어도 상관없습니다. 책의 흐름을 고려해서 내용을 먼저 정해야 합니다. 목차 제목은 원고를 다 쓴 다음에 예쁘게 지으면 됩니다. 제목도 중요하지만 내용이 먼저입니다.

다시 부동산을 예로 들어 목차를 구성해볼게요.

20대 사회 초년생에게 부동산을 공부해야 한다는 메시지를 전달한다고 가정할게요. 총 5장으로 나누었습니다.

1장	사회 초년생이 부동산을 공부해야 하는 이유
	왜 부동산을 공부해야 하는지 당위성을 먼저 설명합니다.
2장	부동산 투자를 하기 위해 알아야 할 기초 지식
	부동산에 친숙해지기 위해 기본적으로 알아야 할 내용을 알려줍니다. 사회초년생이 대상이기 때문이죠.
3장	부동산으로 부자가 된 청년들
	독자와 같은 상황에서 부동산으로 부를 이룬 사람들의 인생 스토리를 소개합니다. 동기부여가 목표입니다.
4장	성공적인 투자를 하기 위한 전략과 전술
	이제 실전입니다. 각종 투자 방법을 소개하고 따라 할 수 있는 사례를 보여줍니다.
5장	부동산으로 부를 축적한 내 모습을 상상하라
	부를 축적한 미래의 나를 떠올리며 부동산 공부에 매진할 것을 당부합니다.

제가 부동산 책을 쓸 수준의 지식과 경험은 없지만 사회 초년생을 위한 책을 쓴다면 위와 같이 목차를 구성할 겁니다. 시중에 판매 중인 사회 초년생을 위한 부동산 책 목차를 찾아봤는데요. 제가 구성한 목차와 거의 흡사하네요. 이제 목차에 맞는 꼭지를 정해서 하나둘 글을 쓰면 됩니다.

✍️ 목차는 책 쓰기의 나침반입니다.

목차가 견고하면 책을 쓰면서 방향성이 어긋나는 일이 없습니다. 집필에 몰두해서 하루에 두세 꼭지씩 글을 쓰다 보면 머릿속이 멍해지고 무슨 글을 쓰고 있는지 나조차 모를 때가 있습니다. 목차는 글이 삼천포로 빠지지 않도록 방향을 잡아줍니다.

책은 작가와 독자가 긴 호흡으로 소통하는 매개체입니다. 독자는 짧으면 두 시간, 길면 서너 시간이 넘도록 작가의 이야기에 귀를 기울입니다.

드라마를 보다가 갑자기 말도 안 되는 상황으로 극이 전개되면 어떻게 말하나요?

"에이, 막장 드라마네"라고 하죠. 내 소중한 책이 독자에게 좋은 소리는 못 들을지언정 나쁜 말은 듣지 않아야겠죠?

책의 설계도이자 나침반인 목차를 갖춘 채 글을 쓰면 질이 높아집니다. 목차를 구성하는 데 얼마나 심혈을 기울이느냐에 따라 책의 완성도도 달라지죠. 독자는 두세 시간이라는 소중한 자원을 써서 내 책을 읽습니다. 독자가 책장을 덮으면서 기분 좋게 미소 짓게 만들어야 합니다. 탄탄한 목차를 구성하는 건 결국 나와 독자 모두를 위한 일입니다.

출간 확률이
높아지는
원고 쓰는 법

1

솔직한 글은 언제나 좋은 글

책 쓰기는 글쓰기의 장르입니다. 글쓰기라는 큰 나무에 열려있는 작은 열매라고 할까요. 책은 글로 이루어집니다. 좋은 책을 만들려면 좋은 글을 써야 합니다. 출판을 목적으로 글을 쓸 필요는 없지만, 글쓰기는 필연적으로 책 쓰기로 귀결됩니다. 글쓰기라는 높은 산꼭대기에 있는 책 쓰기를 정복하려면 부지런히 글을 써야 합니다. 이번 장에서는 좋은 책을 만들기 위한 글쓰기 방법론에 대해 소개합니다.

우리는 날마다 글을 쓰고 글을 읽습니다. 스마트폰이라는 작지만 무한히 넓은 물건에 익숙해지면서 더 오랜 시간을 글과 보내게 되었습니다. 카카오톡으로 메시지를 주고받고, 인스타그램에 일상을 올립니다. 직장에서는 이메일을 쓰고 보고서를 작성하죠. 글은 소통을 위한 기본 도구입니다.

네이버 블로그를 운영하면서 다양한 글을 접합니다. 이웃의 정성스러운 글을 탐독합니다. 제가 책을 냈다는 게 부끄러울 정도로 좋은 글을 쓰시는 분들이 많습니다. 그분들의 글을 보면 이웃신청 버튼을 누르고 찬찬히 오래 읽습니다. 글을 읽으면서 어떤 분일지 상상하기도 하고요. 제가 평소에 사용하지 않는 단어를 발견하면 여러 번 웅얼거리고 다음에 써먹어야지 하고 생각합니다. 세 사람이 있으면 그중에 한 명은 내 스승이라고 했던가요. 유명 작가의 저서를 읽어도 글쓰기 공부가 되지만 일상 글에서도 배울 게 많습니다.

많고 많은 글 중에서 눈길이 가고 스크롤을 천천히 내리고 싶은 있습니다. 읽었던 문장을 다시 읽고 서너 번 또 읽고 싶은 글. 그건 생각과 감정을 솔직하게 표현한 글입니다. 내 경험, 기쁨, 고민, 가슴 아픈 생채기처럼 자신의 이야기를 솔직하게 표현하는 글이 좋습니다.

✍ 솔직한 글에 끌리는 이유

왜 솔직한 글에 눈길이 갈까요? 우리가 솔직하기 어려운 세상에서 살고 있기 때문이겠죠. 누군가에게 내 마음을 있는 그대로 털어놓기란 무척 힘듭니다. 성인이 되고 나이를 한두 살 먹으니 내 마음 밝히기가 더 조심스러워져요.

오랜만에 친구를 만나도 겉도는 대화를 이어가다가 다음에 보자는 인사를 해요. 직장에서도 마찬가지예요. 힘들어도 힘들지 않은 척, 지친 내색을 하지 않아야 좋은 평가를 받을 수 있어요. 항상 웃고 있지만 마음속은 썩어 문드러지고 있습니다. 꿋꿋하고 성실하게 일한다는 이미지를 끊임없이 보여줘야만 할 것만 같습니다.

가면을 쓴 채로 하루를 보내다 보면 솔직한 글에 관심이 갑니다. 사막 한가운데서 우물을 찾은 행인처럼 글을 읽으며 갈증을 해소해요. 다른 사람의 글에서 대리만족을 느껴요. 그래서 솔직한 글을 찾아 오늘도 인터넷을 헤매요.

✍️ 자기 검열을 하지 마세요.

글을 쓸 때 가끔 자기 검열을 합니다. 누군가 내 글을 읽고 상처 받지는 않을지, 경솔한 문장으로 타인을 불편하게 만들지는 않을지 걱정해요. 제가 느낀 감정을 있는 그대로 표현하지 못할 때도 많습니다. 적절한 단어와 문구를 찾지 못했기 때문이기도 하지만 솔직하게 쓰면 안 될 것 같은 느낌 때문이기도 해요.

한참 시간이 지나 그때의 글을 읽으면 뭔가 아쉽습니다. 향기 없는 꽃처럼 겉은 그럴듯해 보이지만 속은 텅 비어있어요. 나비와 벌이 다가오다 금방 달아날 것 같은 푸석한 꽃이에요. 반면에 솔직한 글은 향기가 있어요. 포근한 향일 수도, 차가운 향일 수도 있지만 감정이 드러나서 좋습니다. 어쩌다 그런 글을 쓰면 부끄럽게도 혼자 반복해서 읽으며 글의 향기에 취해요.

자기 검열의 유혹에 넘어가지 마세요. 우리가 글을 쓰는 첫 번째 이유는 나를 위해서입니다. 독자,

인세, 작가라는 타이틀은 두 번째예요. 책 쓰기, 글 쓰기, SNS, 일기 모두 나를 위한 글이에요. 자기 검열을 하는 순간 글의 향기는 점점 옅어집니다.

솔직한 글은 향기로운 꽃이 되어 독자를 불러올 거예요. 100명 중에 100명을 만족시킬 수 없어도 10명은 열렬하게 응원해줄 거예요. 100명의 뜨뜻미지근한 독자보다 10명의 열성적인 독자에게 읽히는 책이 낫겠죠? 솔직하게, 정직하게 모든 걸 내려놓고 내 속마음을 보여주는 글을 쓰세요. 저 같은 사람 10명이 몽글거리는 감정을 느끼고 응원할 겁니다.

2

당신의 조카도 이해하게 써라.

얼마 전 일입니다. 병원에서 진료를 받고 나서는 길이었습니다. 출입구에 다다랐을 때, 저보다 한 발자국 앞선 사람이 출입문이 닫히지 않도록 살짝 잡아주었습니다. 건물을 빠져나오며 나지막이 "감사합니다."라고 말했습니다. 당연한 일이라는 듯 목례를 하고 걸어가는 그를 물끄러미 바라봤습니다.

바쁜 일상 속 내 몸 하나 챙기기도 벅찹니다. 이런 저런 업무에 치이다 보면 남에게 신경 쓸 마음의 여유는 점점 없어집니다. 그래서인지 다른 사람에게 배려를 받으면 예전보다 더 감사함을 느낍니다. 식당에서 먼저 수저를 놓아주거나 빈 컵에 물을 채워주는 행동, 혼잡한 골목에서 먼저 지나갈 수 있도록 양보하는 몸짓. 작은 배려가 사람을 빛나게 만듭니다.

글도 마찬가지입니다. 배려가 깃든 글은 빛이 납니다. 읽는 이를 헤아린 글은 따스합니다. 독자가 편하게 읽을 수 있다면 항상 좋은 글입니다. 형식과 내용도 중요하지만 읽는 데 부담이 없어야 합니다. 아래네 가지 방법을 통해서 글을 환하게 만들어보세요.

✐ 맞춤법을 검사해볼까요?

글을 다 썼다면 맞춤법을 확인하세요. 맞춤법과 띄어쓰기가 정확한 글은 읽기 편합니다. 같은 글도 한결 단정하게 느껴집니다.

나는오늘 서재애서 책을읽었따.
→ 나는 오늘 서재에서 책을 읽었다.

뜻은 같지만 두 문장의 인상은 다릅니다. 이런 문장이 모여 한 편의 글이 완성됩니다. 글이 모여 책이되고요. 잘못된 문장이 모인 책은 어떤 인상을 줄까요? 독자는 아마 책을 읽으며 눈살을 찌푸릴 겁니다.

맞춤법을 확인하는 방법은 간단합니다. 포털 사이트에서 〈맞춤법 검사기〉를 검색 후 실행해서 내 글을 복사, 붙여 넣기 하고 검사하면 됩니다. 맞춤법을 검사하면 잘못된 부분을 수정할 수 있고, 내가 어떤 실수를 자주 하는지도 알 수 있습니다. 맞춤법 검사기가 잘못된 점을 완벽히 걸러주는 건 아니지만 10분만 투자해보세요. 잘못된 곳 하나만 고쳐도 대성공입니다.

✎ 전문 용어는 설명해주세요.

누구나 나만의 전문 분야가 있습니다. 교사, 회사원, 예술가, 방송인, 엔지니어 등 저마다 속해있는 영역에서 통용되는 용어가 있고요. 글쓰기는 생각과 경험을 담는 것이므로 내가 속한 분야의 소재가 자연스레 글에 묻어납니다.

누구나 알 거라고 생각한 용어를 상대방은 전혀

모를 수 있습니다. 축구를 즐겨 보는 사람은 축구 규칙에 해박하겠지만 축구를 보지 않는 사람은 축구 규칙을 모릅니다.

축구를 좋아하는 사람이 모인 공간에 글을 쓸 때는 세세한 설명을 생략하고 써도 괜찮습니다. 하지만 대중을 대상으로 글을 쓴다면 읽는 이가 고개를 끄덕일 수 있도록 용어의 설명을 덧붙여보세요. 독자의 입장을 고려한 글쓰기는 글을 품격을 올려줍니다.

✐ 애매모호한 글을 피하세요.

10명이 읽어서 10명 모두 똑같이 받아들이면 좋은 글입니다. 제 글쓰기 지향점입니다. 큰 키보다는 180cm의 키, 무거운 가구보다 10kg의 책상이 낫습니다. 역세권 아파트보다 역에서 도보 5분 거리 아파트가 알기 쉽습니다.

일부러 다양한 해석을 의도했다면 모호하게 글을 써도 괜찮습니다. 열린 결말의 영화도 있고, 여운을 남기기 위해 부연설명을 생략하는 소설도 있습니다. 그러나 이런 글은 쓰기도 어렵고 쓸 일도 별로 없습니다. 의도하지 않은 모호함이 글에 실리지 않도록 유의하세요.

✍ 독자의 마음으로 읽어보세요.

글을 다 쓰고 맞춤법까지 점검했다면 독자의 눈으로 읽어보세요. 물론 내가 쓴 글을 내가 쓰지 않은 척하며 읽기란 어렵습니다. 저는 시간을 두고 글을 재차 읽는 방법을 좋아합니다. 어젯밤에 쓴 글을 오늘 아침에 읽거나, 한두 시간 뒤에 읽는 방식입니다.

시간이 지나 글을 다시 읽으면 한창 글을 쓸 때는 눈치 채지 못했던 어색한 문장을 발견합니다. 마지막으로 고쳐 쓰면서 글의 품질이 향상되죠. 단, 글을 수정하다가 맞춤법을 틀리는 경우가 종종 있으니 조심하시기 바랍니다. 글을 다 수정했으면 다시 한번 맞춤법을 검사하시기 바랍니다.

남을 배려하며 글을 쓰는 건 중요합니다. 그러나 무엇보다 중요한 건 꾸준히 쓰는 것입니다. 책 쓰기에 도전하는 사람이나 글을 쓰는 것 자체가 힘든 사람은 형식에 구애받지 않고 아무 글이나 써야 합니다. 처음부터 이것저것 따지면서 글을 쓰면 글쓰기에 재미를 붙일 수 없으니까요.

더 좋은 글을 쓰고 싶은 분, 정갈한 글을 쓰고 싶은 분, 나쁜 글을 피하고 싶은 분이라면 글을 쓴 다음 시간을 내서 내 글을 돌아보세요. 글이 한결 나아질 겁니다. 책 쓰기에 도움이 되는 것은 덤이고요.

상대를 배려하면 나도 상대의 배려를 받을 수 있습니다. 독자를 배려하며 글을 쓰는 순간, 독자도 내 글을 찬찬히 읽어줄 겁니다. 자, 이제 글에 배려를 담는 연습을 해보겠습니다.

출간 확률이 높아지는 원고 쓰는 법

3

깔끔한 마침표가 글맛을 살린다.

글을 쓰다 보면 가끔 어떻게 글을 마무리해야 하나 고민할 때가 있어요. 서론과 본론이 정갈해도 결론에서 어긋나면 글이 개운하지 않습니다. 메인 메뉴는 맛있지만 후식이 아쉬운 코스 요리처럼 말이에요.

저는 글을 다 쓰면 다시 한번 쭉 읽어요. 어색한 곳이 금방 눈에 들어옵니다. 한 땀, 한 땀 고쳐 나가며 마지막 문장까지 갑니다. 마지막 문장까지 도달하면 점점 손이 떨리기 시작합니다. 끝 문장이 가장 고치기 어렵거든요.

'마무리가 좀 이상한데, 어떻게 맺음말을 써야 하지?' 하고 갈등합니다. 이만큼 했으면 됐다는 만족감과 조금만 더 시간을 들이자는 욕심이 부딪혀요. 첫 문장 쓰기도 어렵지만 끝 문장 쓰기도 까다롭긴 마찬가지입니다. 힘들 땐 앞서 같은 길을 걷고 있는 사람의 도움을 받아야겠죠? 강원국 작가의 《나는 말하듯이 쓴다》를 펼칩니다.

《나는 말하듯이 쓴다》는 글을 어떻게 마무리하면 좋은지 알려주는 훌륭한 책이에요. 대놓고 결론 쓰는 법을 설명한 부분도 있고요. 꼭지마다 저자가 어떻게 글을 갈무리하는지 유심히 지켜봤어요. 결론을 읽으며 무릎을 치고 함박웃음을 짓는 순간도 있었습니다. 글쓰기 달인의 마무리 기술을 제 마음대로 요약해봅니다.

✐ 여운을 남긴다.

어색하지 않으면서 여운이 남는 마무리는 언제나 좋아요. 독자를 생각하게 만든다면 최고예요. 독자는 똑똑합니다. 독자에게 생각의 틈을 주는 게 좋아요.

독자를 배려한답시고 자세히 설명하지 않아도 괜찮아요. 책은 독자가 집어 들고 펼쳐야 의미를 지녀요. 독자가 글 속에 발을 담그도록 하는 게 먼저입니다.

✎ 요점을 다시 정리한다.

주장을 담은 글과 정보를 실은 글일 경우 마지막에 되풀이하면 좋아요. 했던 말을 차례대로 요약하고 다시 강조하는 방법이에요.

글쓴이가 정리해준 덕분에 독자는 내용을 간추리고 머릿속에 담아요. 강원국 작가는 첫째, 둘째, 셋째 숫자를 세면서 정리하는 걸 선호합니다. 글쓴이와 읽는 이 모두 알기 쉽습니다.

✎ 물음표로 끝낸다.

독자에게 생각의 기회를 강하게 부여하는 방법이에요. "저는 이렇게 생각합니다. 여러분은 어떻게 생각하시나요?", "이 의견에 대해 당신은 어떻게 판단하시나요. 제 말에 동의하시나요?"라고 물어보는 식입니다.

앞서 독자를 생각하게 만드는 게 최고라고 말했어요. 물음으로 끝내는 글은 읽는 이를 곧바로 글 속으로 끌어들여요. 자주 사용하면 식상하겠지만 효과적인 끝내기입니다.

✍ 첫 문장과 끝 문장을 연결한다.

제가 가장 배우고 싶은 방식이에요. 첫 문장에서 다룬 내용을 마지막과 연결하는 방법인데요. 글의 처음과 끝이 이어지기 때문에 구조가 탄탄해져요. 처음부터 글의 짜임새를 고민한 느낌도 줍니다.

저는 책에서 처음과 마지막이 하나가 된 결말을 볼 때마다 기뻤습니다. 이런 글을 쓰고 싶기 때문인데요. 대표적인 두 꼭지의 처음과 끝을 아래에 덧붙입니다.

첫 문장 회사 다닐 적 엄한 상사가 있었다. 그가 내게 이렇게 주문했다. "당신은 내 문제점만 지적해줘. 잘한다는 얘기는 할 필요 없어.

끝문장 상사가 내게 비판해달라 했을 때 내게는 이런 능력들이 부족했다. "너를 만나면 기분이 나쁘다."라는 말을 들은 후 직장을 떠나야 했다.

첫 문장 초등학교 때 지방 신문사가 주최한 글짓기 대회에 나갔다. 〈즐거운 우리 집〉이란 글을 써서 최우수상을 받았다.

끝 문장 방송을 거듭하면서 내게 유머 감각이 있다는 걸 알았다. 사람들이 나보고 웃기단다. 나는 이래저래 창의적일 수밖에 없었다. 초등학교 글짓기 대회에서 최우수상을 받은 건 우연이 아니었다.

강원국 작가가 말한 것처럼 글쓰기는 첫 문장과 끝 문장을 단단하게 잇는 작업입니다. 저자는 이야기해요. "좋은 첫 문장은 책을 집어 들게 하고, 좋은 끝 문장은 책을 손에서 놓지 못하게 한다."

글을 자꾸 읽고 싶게 만들려면 끝 문장을 다듬어야 합니다. 하지만 욕심을 낸 나머지 끝낼 듯 끝내지 않는 것을 조심해야 하죠. 글을 쓸 때마다 끝 문장에 매일 필요는 없어요. 어떨 때는 첫 문장만으로도 멋진 글을 쓸 수 있고, 본론의 핵심 문장 하나만으로도 훌륭한 글을 쓸 수 있습니다. 완벽한 글이 없듯이 완벽한 글쓰기 기술은 없어요. 끝 문장이 좋으면 글의 완성도가 올라갑니다. 그러나 가장 중요한 것은 한 편의 글을 쓰려는 용기와 끈기를 잃지 않는 자세입니다.

요즘 직장에서 동료와 이야기를 나눈 뒤 1초만 더 상대방을 바라보려고 애써요. 스치는 잡담, 무거운 회의, 하기 싫은 일을 지시받을 때를 가리지 않고 상대에게 끝까지 집중하려고 해요. 상대가 저와 대화를 마친 뒤 개운한 느낌을 받으면 좋겠어요. 기분 좋은 끝 문장은 대화를 마치고 상대를 1초 더 바라보는 것과 같아요. 상대를 바라보듯 글을 좀 더 들여다보고 싶습니다. 그럼 독자가 제 책을 여러 번 읽지 않을까요?

4

내 글을 읽는 사람은 누구인가?

어제는 유난히 업무 메일을 보낼 일이 많았습니다. 별생각 없이 메일을 써 내려가기 시작했어요.

"문제 발생 시 원인 분석 및 개선안 도출 필요"

메일을 쓰다가 새삼스레 깨달았습니다.

'문장의 70% 이상이 한자말이구나. 게다가 조사를 빼고 단어만 다닥다닥 붙여서 쓰는구나.'

이오덕 선생의 《바른말 바른글》이 생각났습니다. 이오덕 선생은 한자말을 최대한 줄여야 한다고 당부했습니다. 한자말이 가득한 문장에 한동안 눈이 갔습니다. 회사는 비용을 줄이고 이윤을 늘려야 하는 조직이에요. 짧고 효율적인 글을 선호합니다.

메일을 쓰면서 어색함을 느꼈습니다. "문제가 생기면 원인을 분석한 뒤 개선안을 찾아야 합니다."라고 고쳐 써봤어요. 한자말을 줄이고 조사를 넣었더니 읽기가 수월했습니다. 하지만 회사와 어울리지 않는 문장이었어요. 다시 원래대로 바꾸었습니다.

회사에서는 회사 언어를 써야 합니다. 내 메일을 읽을 사람은 나와 함께 일하는 동료입니다. 그들은 같은 회사에서 같은 용어로 소통하죠. 메일을 쓸 때는 동료에게 익숙한 언어를 써야 합니다. 글을 잘 쓰는 것보다 상대가 제대로 이해하는 게 먼저입니다. 정보를 전달하고 공유하기 위해 메일을 쓰는 것이니까요.

피식하고 웃음이 났습니다. 날마다 사용하는 회사 언어를 낯설게 느낀 게 대견했어요. 읽기 쉽게 고친 글을 다시 회사 언어로 바꾼 것도 잘했다고 생각했습니다.

출간 확률이 높아지는 원고 쓰는 법

'그래, 회사에서는 회사 언어를 써야지.'

✎ 독자의 언어로 이야기하라.

읽는 사람을 배려하는 글이 좋은 글입니다. 독자를 생각하며 쓴 글은 쉽게 읽힙니다. 돈가스를 좋아하는 상대에게 잘 보이려면 저녁에 돈가스를 먹자고 말해야 해요. 호랑이를 좋아하는 아이에게 점수를 따려면 동물원에 가자고 말해야 합니다. 가려운 곳을 긁어줘야 합니다.

독자를 생각하며 글을 쓰는 건 정말 어렵습니다. 그냥 글 쓰는 것도 어려운데 남까지 고려해야 하다니. 하지만 우리는 알게 모르게 상대를 배려하며 살고 있습니다. 자세한 정황을 궁금해 하는 친구에게는 하나부터 열까지 상세히 말하고 결론만 듣고 싶어 하는 상사에게는 결과만 짧게 보고합니다. 상대와 상황에 맞춰 고무줄처럼 말을 늘였다가 줄이죠.

저는 중학교 친구를 만나면 그때 유행했던 우리만

의 용어를 씁니다. 겉은 30대인데, 입은 중학생이 됩니다. 유치하기 짝이 없지만 이상하게 그렇게 됩니다. 대학 동기를 만나면 대학 다닐 때 주로 썼던 말투로 대화합니다. 친구와 교감했던 순간을 몸이 기억합니다. 오랜 시간 부대끼며 함께 만든 우리의 언어를 쓰면서 과거를 추억하는 거죠.

독자를 바라보는 글쓰기는 어렵지만 할 수 있습니다. 상대를 생각하는 기술은 이미 우리 몸에 저장돼 있습니다. 회사에 다니고 사회생활을 하며 자연스럽게 사람을 대하는 방법을 배웠습니다. 초등학생에게는 초등학생이 이해하게 말하고, 전문가에게는 전문 용어를 섞어서 말하면 됩니다. 상대에 맞춰 말하듯이 상대에 맞춰 글을 쓰면 최고입니다.

독자가 누구인가요? 독자가 듣고 싶어 하는 말은 무엇인가요?

이것만 확실하게 알면 책 쓰기가 한결 쉬워집니다. 반대로 말해 독자가 뚜렷하지 않으면 글이 모호해집니다. 많은 사람에게 잘 보이고 싶은 글은 많은 사람에게 읽히지 않습니다. 소수를 대상으로 한 글이 힘이 셉니다. 글쓰기의 모순입니다.

회사에서는 회사 말을 쓰고, 친구에게는 우리끼리 통하는 이야기를 해야 합니다. 집에 와서는 가족이 알만한 말을 해야 합니다. 상사에게는 상사가 좋아하는 말을 건네듯이 글을 쓰면 어떨까요. 우리가 평소에 자연스럽게 상대방을 의식하는 것처럼 독자를 떠올리며 글을 써봅시다.

'이 글은 내게 이야기하는 것이구나.'

독자는 금방 알 것입니다.

5

백만 스물 하나, 백만 스물 둘. 구체적으로 쓰기

이 책을 쓰면서 한동안 글쓰기 책만 집중적으로 읽었습니다. 2021년 상반기, 글쓰기 책만 30권 이상 읽었네요. 글쓰기 책을 읽으며 글쓰기를 배우고 있습니다. 멋모르고 글을 쓸 때보다 단어 하나, 문장 한 줄을 더 깊이 들여다보게 되네요.

글쓰기 책을 읽을 때마다 비슷한 교훈을 얻습니다. 저자의 문체는 다르지만 전하고 싶은 메시지는 같은가 봐요. "날마다 꾸준히 써야 한다. 솔직하게 써야 한다. 잘 쓰려는 욕심을 버려야 한다." 등. 지금 이야기하려는 주제 역시 작가들이 한 목소리로 말하는 글쓰기의 법칙입니다.

"추상적인 표현을 구체적으로 바꾸세요. 내 생각을 독자에게 실감 나게 전달하세요."

저도 글을 쓰고, 글을 고치면서 곱씹습니다. '어떻게 문장을 바꾸면 구체적으로 변할까, 독자가 글을 읽고 내가 전하고자 하는 느낌의 몇 % 정도를 받아들일까?'

유선경 작가는 《어른의 어휘력》에서 말했습니다. "글쓰기가 업인 사람에게는 더 이상 해석의 여지가 없을 정도로 정확한 어휘와 표현을 찾는 것이 목표다. 이룰 수 없는 목표를 바라보고 하염없이 헤맨다."

독자에게 제 생각을 100% 전달하고 싶습니다. 글을 쓰면서 이루고 싶은 목표입니다.

✎ 형용사를 동사로 바꾸세요.

형용사는 주관적이지만 동사는 객관적입니다. 형용사를 동사로 바꾸는 순간 문장에 생기가 돕니다.

예를 들어보겠습니다.

눈코 뜰 새 없이 바빴다.
→ 쉴 틈 없이 전화를 받느라 화장실에도 못 갔다.

된장찌개가 맛있다.
→ 된장찌개를 한 숟갈 먹고 재차 두세 숟갈 먹었다.

바쁘다, 맛있다의 기준은 사람마다 다릅니다. 누군가에게는 하루 한 시간 쉬는 게 바쁜 날일 수 있고, 누군가에게는 하루 30분 쉬는 게 여유로운 날일 수 있습니다. 독자에게 정확하게 전달하려면 얼마나 바쁜지 몸으로 보여줘야 합니다. 얼마나 맛있는지 행동으로 표현해야 합니다.

✍ 부사를 줄여볼까요.

부사는 형용사와 동사에 붙어서 정도를 나타냅니다. 조금, 참, 다소, 엄청, 많이, 꽤 등을 사용하면 고무줄처럼 감정을 조절할 수 있습니다. 일상 대화를 할 때도 유용합니다. 부사를 활용해서 내 감정을 정확하게 표현할 수 있습니다.

　부사는 편리하지만 잘못하면 감정의 과잉을 불러일으킵니다. 예문을 보겠습니다.

　　오늘 너무 힘들어서 진짜 죽을 것 같다.
　→ 오늘은 힘들어서 죽을 것 같다.

　　정말 좋아한다. 꼭 보고 싶다.
　→ 좋아한다. 보고 싶다.

　부사를 넣은 문장이 감정을 제대로 전달하는 것처럼 보이지만 엄살을 부리는 모양새입니다. 부사를 뺀 문장은 짧고 담백합니다. 부사가 과하면 문장이 번잡해져 뜻을 정확하게 전달할 수 없습니다. 부사는 강조하고 싶은 순간에만 사용하세요.

　글을 쓰다 보면 입버릇처럼 부사의 힘을 빌리게되는데요. 구체적으로 글을 쓰는 게 그만큼 어렵습니다. 어떻게 하면 구체적으로 글을 쓸 수 있을까요? 맞습니다. 나와 남의 행동을 유심히 관찰하고, 찬찬히 음미해야 합니다. 사물을 살피고, 들여다봐야 합니다. 부사를 줄이고 동사를 중심으로 글 쓰는 연습을 해야 합니다.

은유 작가는 《쓰기의 말들》에서 말합니다. "힘 빼고 쓰세요. 추상적인 말이 많을수록 메시지 전달에 실패합니다. 어떤 사안에 대한 솔직한 느낌과 정확한 근거를 대는 것은 쉬워 보이지만 어렵습니다. 반면에 추상적인 단어로 장식하는 건 어려워 보이지만 쉽습니다."

'많이'의 기준은 주관적입니다. 사실과 근거가 탄탄하면 부사는 빼도 됩니다.

당신의 글이 한결 선명해지기를 바랍니다.

6

고수의 초식을 따라 하기,
필사

책과 함께 노트를 집어 듭니다. 책상 위에 책을 두고 곁에는 노트를 놓습니다. 노트 사이에는 펜을 올려둡니다. 독서 준비 끝, 책을 읽습니다. 책을 읽다가 좋은 문장을 만나면 독서를 멈추고 따라 씁니다. 마치 책의 작가인 양 한 글자씩 꾹꾹 눌러쓰고 잠시 생각에 잠깁니다. 그리고 다시 책을 읽습니다.

블로그에서 '독서 중 필사'하는 것을 추천받아서 실천하고 있습니다. 필사가 처음은 아닙니다. 유시민 작가의 글에 감탄해서 필사에 빠진 적이 있습니다. 고전 열풍이 불었을 때는 고전을 따라 쓰면 도움이 된다고 해서 베껴 쓰기도 했습니다. 책을 집필하기 전에 인용할 메시지를 모으기 위해 옮겨 적기도 했습니다.

지금까지 간간이 책을 필사했지만 습관으로 만들지는 못했습니다. 따라 쓰는 게 귀찮았습니다. 마음먹고 일주일 정도 필사하다가도 하루만 빼먹으면 다시 원래대로 돌아왔습니다. 이번에 다시 필사하면서 깨달았습니다. '아, 책을 읽을 때는 꼭 노트를 옆에 둬야겠구나. 그동안 책을 대충 읽었구나.'라는 생각이 머리를 스쳤습니다.

필사에는 여러 방법이 있습니다. 지금은 책을 읽으면서 동시에 필사하는 것을 이야기하려고 합니다. 독서에 필사를 곁들이면 어떤 점이 좋을까요? 세 가지 장점을 소개합니다.

✎ 책에 몰입한다.

단순히 책을 '읽는'다고 삶이 변하는 건 아닙니다. 책을 읽으면 시간을 알차게 보내고 있다고 착각할 수 있는데 주의해야 합니다. 만약 책을 읽고 머리,

가슴 아무것도 변하지 않았다면 시간을 낭비한 것입니다. 지식을 함양하든, 정보를 탐색하든, 마음을 치유했든 뭔가가 변해야 합니다.

열심히 책을 읽었지만 행동이 바뀌지 않거나 어떤 글을 읽었는지 기억이 나지 않을 때가 종종 있습니다. 십중팔구 집중하지 않고 책을 읽었을 때입니다. 책을 읽으며 교양을 쌓았다고 우쭐댔지만 투자한 시간 대비 얻은 과실은 볼품없습니다.

'좋은 문장을 찾으면 필사하겠다.'는 자세는 책을 필사적으로 읽게 만듭니다. 눈과 입술에 힘이 들어갑니다. 필사할 문장을 찾기 위해 책을 읽는 느낌마저 듭니다.

필사하는 순간 책과 나는 하나가 됩니다. 집중해서 읽고 따라 쓴 글은 두뇌에 오래 저장됩니다. 짜릿한 전율을 느끼고, 빙그레 미소를 짓고, 고개를 끄덕이는 순간이 많아질수록 제대로 책을 읽는 것입니다. 손에 쥔 펜이 읽기에 집중하도록 돕습니다.

✎ 언제든지 좋은 문장을 들춰볼 수 있다.

얼마 전까지만 해도 노란 색연필을 손에 쥐고 책을 읽었습니다. 좋은 문장을 보면 표시하겠다는 심산으로요. 마음에 와 닿는 문장에 밑줄을 긋고 되뇌었습니다. 문장 밑에 노란 음영이 생겼지만 그때뿐이었습니다. 같은 책을 다시 읽기 전까지는 노란 문장과 재회할 수 없었습니다.

강원국 작가의 《나는 말하듯이 쓴다》를 읽으며 필사했습니다. 책장 사이에 책갈피를 끼우고, 시간이 지난 뒤 다시 읽기 전에 먼저 필사 노트를 펼쳤습니다. 주문을 외우듯 노트에 쓰인 문장을 속삭였습니다. 읽고 쓰고 독백했습니다. 필사 노트에는 제가 기록한 책의 정수가 담겨있었습니다.

✎ 글쓰기의 토양이 된다.

책에는 깔끔하게 정돈된 문장이 진열됩니다. 오타, 비문, 모호한 문장은 걸러지고 반듯한 문장이 담깁니다. 좋은 문장을 보고 따라 쓰는 것은 근사한 글쓰기 훈련입니다. 베껴 쓰며 훔친 문장은 머릿속에 차곡차곡 쌓여 글을 쓰는 순간 참고하라며 툭 튀어나옵니다.

영어 공부할 때 미드에 나오는 배우 입모양을 그대로 따라 하는 사람이 많습니다. 짧은 대사를 여러 번 반복해서 말하며 내 것으로 체화시킵니다. 글쓰기도 마찬가지입니다. 글쓰기 네이티브 스피커라고 할 수 있는 훌륭한 작가의 글을 필사하는 것은 작가에 가까워지는 지름길입니다. 저자는 주어, 동사, 조사, 부사, 접속사 모두 허투루 쓰지 않습니다. 떠오르지 않는 문장과 사투하며 고심 끝에 한 문장씩 씁니다. 몇 번이고 글을 고치고 가다듬습니다. 이런 문장을 따라 쓰니 글쓰기가 느는 건 당연합니다.

앞으로 책을 읽을 때는 펜과 노트를 챙기기로 다짐했습니다. 고수의 글을 읽고 필사하면 더욱 성장할 거라는 긍정의 기운이 느껴집니다. 다행히 지난 두 달 동안 습관을 유지하고 있습니다.

ー
7

반복 – 중복 = 좋은 글

OST를 들으면 영화, 드라마의 한 장면이 연상됩니다. 음악을 듣고 작품 속 영상을 떠올리는 건 같은 노래를 여러 번 들었기 때문입니다. 반주만 들어도 드라마 주인공의 애틋한 장면이 생각나죠. 반복은 그 순간을 기억하게 만듭니다.

글쓰기에도 반복과 중복이 있습니다. 반복과 중복은 어떤 차이가 있을까요? 사전을 찾아봤습니다.

- **반복** : 같은 일을 되풀이함.
- **중복** : 거듭하거나 겹침.

두 단어의 정의는 비슷하지만 중복이 반복보다 부

정적인 어감을 줍니다. 반복은 긍정과 부정의 의미를 모두 담지만 중복은 부정적인 의미로만 쓰이죠. "영어 단어를 반복해서 외우세요."라고 하지 중복해서 외우라고는 하지 않습니다.

글쓰기에서 반복은 저자가 의도한 것, 중복은 저자가 의도하지 않은 것입니다. 일부러 같은 단어와 문장을 여러 번 사용했다면 반복이지만 그게 아니라면 중복이에요. 반복과 중복의 차이를 이해한 뒤 반복은 취하고 중복을 피하면 좋은 글을 쓸 수 있습니다.

✐ 반복은 주장을 강조합니다.

> 한 남자가 있어.
> 널 너무 사랑한
> 한 남자가 있어.
> 사랑해 말도 못 하는

가수 김종국 〈한 남자〉의 가사입니다. 작사가 김이나는 《김이나의 작사법》에서 노래의 맛을 살리는 가사라고 극찬했죠. 한 남자의 작사가 조은희 씨는 네 문장에서 두 문장을 완전히 똑같이 썼습니다. 하지만 지루하게 느껴지지 않습니다. 애타는 남자의 마음이 드러납니다. 반복의 훌륭한 예시입니다.

반복이 반복되는 시도 있습니다.

> 잔디
> 잔디
> 금잔디
> 심심산천에 붙는 불은
> 가신 임 무덤 가에 금잔디.
> 봄이 왔네
> 봄빛이 왔네
> 버드나무 끝에도 실가지에.
> 봄빛이 왔네, 봄날이 왔네
> 심심산천에도 금잔디에.
>
> ———————————————— 김소월, <금잔디>

마치 봄이 눈앞에 펼쳐진 것 같은 생동감이 전해집니다.

짧은 시간 동안 기억에 남는 글을 쓰기 위해서는 문장을 반복해야 합니다. 마틴 루터 킹의 연설로 유명한 문장 "I have a dream"이 길이길이 회자되는 것도 반복의 힘입니다.

✎ 중복은 글의 흐름을 끊습니다.

일상생활에서 중복을 가장 자주 접하는 순간은 말을 할 때입니다. 우리는 말을 하면서 동시에 생각합니다. 다음에 할 말을 생각하는 찰나의 순간, 무의식적으로 이런 말을 되풀이하죠. 저기, 그게, 어. 그러니까, 정말, 이제, 아무튼, 조금.

중요한 면접을 보거나 대중 앞에서 발표를 할 때는 더 심각해집니다. 긴장한 나머지 말의 공백을 메우기 위해 같은 말을 습관처럼 되풀이할 때가 있습니다. 여러 사람 앞에서 발언해야 하는 공식적인 자리를 앞두고는 연습을 많이 하거나 대본을 준비하는 게 좋습니다.

글은 말의 정돈된 형태입니다. 말이든 글이든 내 생각이 언어가 되어 입과 손으로 옮겨집니다. 글을 쓸 때도 내 말투가 그대로 종이 위에 옮겨집니다. 생각나는 대로 글을 쓰면 입버릇이 문장에 묻어납니다. 불필요한 주어, 동사, 접속사가 중복되죠.

말을 그대로 글로 옮기면 이렇게 됩니다.

"오늘 너무 추울 것 같아 옷을 두껍게 입었는데 그래도 너무 추운 거야."

"함박눈이 내려서 좋네요. 내일 출근길 걱정은 내일 해야겠어요."

한 문장에서 같은 말이 겹치면 중복입니다. 위의 문장을 조금 손보면

"오늘 옷을 두껍게 입었는데도 너무 추운 거야."

"함박눈이 내려서 좋네요. 내일 출근길 걱정은 아침에 해야겠어요."

출간 확률이 높아지는 원고 쓰는 법

으로 고칠 수 있습니다. 중복되는 단어만 빼도 글이 단정해집니다. 한 문장에서 글 전체로 시야를 넓혀서 자주 사용하는 단어는 같은 뜻을 가진 다른 단어로 바꾸는 것도 좋습니다.

강조하고 싶은 부분은 반복하고 불필요한 중복은 없는지 훑어보세요. 반복은 익숙한 음악처럼 내 글을 오래 기억에 남길 것이고, 중복의 제거는 독자로 하여금 내 글을 다시 읽게 만들어줄 것입니다.

책 쓰기, 분량 채우는 방법

책 쓰기를 망설이게 만드는 커다란 장벽은 분량입니다. 단행본 기준으로 250페이지 내외를 쓰면 한 권의 책이 완성되는데요. 페이지 수가 적거나 많은 책도 있지만 보통 250페이지 내외로 구성됩니다.

이를 10포인트 글자 크기에 A4용지로 환산하면 약 100장입니다. 만약 책에 5개의 장이 있고 각 장마다 8개의 꼭지가 있으면 총 40개의 꼭지로 100장을 써야 합니다.

단순히 계산하면 한 꼭지 당 2페이지에서 3페이지 분량을 채워야 합니다. 꼭지마다 일률적으로 같은 분량일 필요는 없습니다. 어떤 꼭지는 2페이지를 써도 되고 어떤 꼭지는 3페이지를 넘게 써도 괜찮습니다. 꼭지에 담고 싶은 내용에 따라 양을 조절하면 됩니다.

책은 하나의 메시지를 담습니다. 독자가 책을 읽고 '아하, 이 책은 이런 말을 하고 싶은 책이구나!'라고 깨닫는다면 성공입니다. 메시지는 제목으로 연결되고 책의 얼굴이 됩니다.

이토록 중요한 책의 메시지를 지탱하는 꼭지가 40개나 됩니다. 꼭지는 모두 메시지를 바라봐야 합니다. 이 얘기 저 얘기가 메시지와 연관이 없으면 책의 뼈대가 허술해집니다. 메시지와 관계없는 이야기는 최대한 덜어내는 게 좋습니다.

주제에 맞게 한 방향을 바라보는 꼭지 40개를 각각 A4 용지 2~3페이지에 걸쳐 써야 하니 시작하기 전부터 겁이 나는 게 당연합니다. 막막할 수밖에 없죠. 하지만 용기를 내세요. 책을 쓰고 싶은 마음이 간절하지만 분량을 어떻게 채워야 하는지 몰라 고민하는 분을 위해서 두 가지 노하우를 소개합니다.

✍ 반대 상황을 가정하고 서술하라.

> "책에는 저자의 생각이 오롯이 담깁니다. 저자의 생각이 담기지 않으면 책이 아니라 기록입니다. 기록이 아니라 생각을 남기시기 바랍니다."

위 문장은 하고 싶은 말을 하고, 그 말을 부정하면 어떻게 되는지 서술하는 형식입니다. 주장과 정면으로 배치되는 말을 하면서 글의 양을 늘리는 방법입니다. '만약 이렇게 하지 않았더라면', '다른 상황이었다면 어떻게 될지'를 가정하며 글을 늘려가세요. 정반대 시각에서 글을 읽을 수 있기 때문에 내용이 풍성해지면서도 지루해지지 않습니다.

예를 하나 더 들어볼게요.

> "오늘 아침에 김밥을 사 먹었다. 덕분에 식사 시간을 절약했다."

라는 문장의 반대 상황을 가정하며 이어봅시다.

> "김밥 대신 밥을 차려먹었다면 요리하고 뒷정리까지 하는 데 시간이 많이 걸렸겠다. 출근길도 막혀서 아마 회사에 지각했을 것 같다."

또 다른 예를 들어볼게요.

> "시험공부를 열심히 해서 좋은 성적을 거두었다."

라는 문장의 반대 상황을 적으면

> "만약 공부를 하지 않았더라면 성적이 떨어졌을
> 것이다. 부모님에게 혼났을 테고 어쩌면 용돈이
> 줄었을 수도 있다."

어떤가요. 내가 쓴 문장을 반대로 가정했을 뿐인데 글의 길이가 쭉쭉 늘어납니다. 물론 문장마다 반대 문장을 쓰면 이상하겠지만 책의 분량이 제대로 채워지지 않을 때 활용해보세요. 이렇게 글을 쓰다 보면 좋은 아이디어가 떠올라서 굳이 반대 상황을 가정하지 않아도 충분한 분량을 확보할 수도 있습니다. 분량은 채워야 하고 글은 써야 하는데 생각처럼 진도가 나가지 않을 때 이용하는 것을 권합니다.

✐ 다른 사람의 글을 인용하기

두 번째 방법은 '목마 타기'입니다.

무슨 말이냐고요? 말 그대로 다른 사람의 어깨에 올라타는 거예요. 남의 힘을 빌려 글의 분량을 늘리는 겁니다.

예를 들어 내가 소개하고 싶은 제품이 있다고 해보죠. 그럼 그 물건을 먼저 사용한 연예인, 크리에이터, 인플루언서의 후기를 참조하는 거예요. '이 상품은 이래서 좋은데, 이 부분에 대해서 연예인 ○○○는 이렇게 언급했다. 블라블라'라고 쓰고 내 생각을 덧붙이는 겁니다.

내 주장을 뒷받침하기 위해서 책, 뉴스, 논문, 인터넷 기사를 활용하세요. 출처가 믿음직스러울수록 내 글의 신뢰도도 높아집니다. 이런 행위를 그럴듯한 말로 '인용'한다고 말합니다. 다른 사람의 논리와 표현을 참조해서 내 생각을 보충하고 글의 분량도 채우는 거죠.

부동산 책을 쓴다면 부동산 전문가의 칼럼을, 육아 책을 쓴다면 육아 박사의 인터뷰를 인용하세요. 내가 쓴 글 앞뒤에 자연스럽게 넣어보세요.

세상에는 나와 비슷한 생각을 하는 사람이 많습니다. 우리가 하는 생각 중에서 남이 한 번도 하지 않은 생각이 과연 있을까요? 거의 없을 거예요. 그래서 책을 쓸 때 참고도서를 봐야 해요. 나와 같은 생각을 먼저 했던 저자의 글을 읽어야 합니다. 내 주장을 받쳐 줄 문장을 찾기 위해서죠.

다른 사람의 생각을 쓰는 걸 두려워하지 마세요. 부끄러워할 필요도 없습니다. 출처만 명확하게 표시하면 됩니다. 저자는 대부분 자신의 글이 널리 퍼지는 것을 반기니까요.

17세기 천재 과학자 아이작 뉴턴은 말했습니다. "내가 멀리 볼 수 있었던 것은 거인의 어깨 위에 올라탔기 때문이다." 수많은 업적을 남긴 뉴턴도 선배 과학자들이 남긴 성과를 디딤돌 삼아 만유인력의 법칙을 이끌어냈습니다. 목마 타기의 진수를 보여준 셈이죠.

강원국 작가는 《강원국의 글쓰기》에서 말했습니다. "어차피 좋은 말은 아리스토텔레스가 다 해버렸다. 좋은 음악은 베토벤이 다 만들어버렸다. 그나마 아리스토텔레스가 남겨놓은 것을 니체가 다 써먹었다. 하늘 아래 더 이상 새로운 것은 없다."

우리가 배운 지식도 마찬가지입니다. 학창 시절에는 앞사람이 만든 교과서를 읽고 공부합니다. 직장에서는 상사에게 일을 배웁니다. 글을 쓰는 법도 책을 읽고 배웠습니다. 그렇게 우리는 알게 모르게 선배에게 수련을 받으며 성장했습니다. 글을 쓸 때 나와 비슷한 생각을 먼저 한 사람이 있는지, 내 논리를 뒷받침하는 사건이 있는지 찾아보세요. 꼭 책일 필요는 없어요. 영화, 소설, 드라마, 뉴스, 인터뷰, 친구와 웃으면서 하는 대화도 내 글을 빛나게 해주는 보석이 될 수 있습니다.

다른 사람의 생각을 얹으며 글을 쓰면 글의 길이가 고무줄처럼 늘어납니다. 그렇게 늘어난 고무줄을 퇴고할 때 다듬고 다시 줄이면 됩니다. 책을 쓸 때, 특히 초고를 쓸 때는 분량을 채우는 데 온 신경을 집중하길 권합니다. 초고를 써야 퇴고도 하고 투고도 할 수 있습니다.

과거 선배들의 글을 빌려 함께 책을 써보세요. 책 쓰기의 부담이 줄어들 것입니다.

실전,
당신도
출간할 수 있다.

— 1

기획,
일상에서 주제를 찾다.

 이번 장은 지난해 7월부터 집필하기 시작해서 10월에 출간한 제 책《10대를 위한 슬기로운 게임생활》집필기를 바탕으로 직장인 책 쓰기 과정과 방법을 보여드릴게요. 책 출판 프로세스를 스토리텔링 형식으로 읽으며 책 쓰기의 실마리를 얻으시기 바랍니다.

✐ 다시, 책 쓰기

 2016년 7월, 첫 책을 출간하고 6개월 간격으로 연달아 두세 번째 책을 출간했습니다. 처음에는 '내 이름이 적힌 책 한 권만 내면 좋겠다.'라고 생각했는

데 책 출간이 또 다른 책 쓰기로 이어졌습니다. 한동안 책 쓰기에 빠졌습니다. 돌이켜보면 어떻게 글을 그렇게 썼는지 모르겠습니다. 날마다 미친 듯이 글을 썼습니다. 하루하루 성장하는 느낌이었습니다. 글을 쓸 때만큼은 잡념에서 벗어났습니다. 글을 쓰며 스트레스를 풀고 에너지를 얻었습니다.

제게는 여섯 살 딸이 하나 있습니다. 아름다운 생명이 자라는 모습을 지켜보는 건 일생일대의 축복이자 행복입니다. 그러나 모든 일에 장단이 있듯, 딸을 건강하게 키우기 위해서는 제 시간을 딸에게 투자해야 했습니다. 딸이 돌을 지날 때쯤 몸과 마음이 가장 힘들었습니다. 회사 일도 감당하기 어려울 정도로 늘었습니다. 평일에는 야근을 하고, 주말에는 아내와 함께 육아를 하고 집을 정리했습니다. 아내의 건강도 나날이 나빠졌습니다.

책을 쓸 생각은 도저히 할 수 없었습니다. 일찍 퇴근할 수 있는 직장으로 옮길 수 있는지 알아보기도 했습니다. 한동안 어떻게 일과 여가의 균형을 유지해야 하는지 심각하게 고민했습니다.

고생 끝에 낙이 온다고 했던가요. 시간이 흘러 딸은 유치원에 들어갔습니다. 서투르지만 의사표현을 곧잘 하니 육아도 한결 편해졌습니다. 아내도 운동을 하며 건강과 웃음을 되찾았습니다. 주 52시간 일하는 문화가 자리 잡으면서 퇴근 시간도 빨라졌습니다. 여유가 생기니 제 부캐인 작가가 다시 마음의 문을 두드렸습니다.

'우리 다시 책 쓰지 않을래?'

✒ 책 쓰기의 계기가 된 산책

2020년 7월 나뭇가지 사이로 들어오는 햇살이 눈부신 날, 우리 가족은 집 근처 공원에 갔습니다. 편안한 마음으로 산책로를 걸었습니다. 딸은 오리와 물고기를 보며 좋아했고 저는 아내와 이런저런 이야기를 나누었습니다. 코스의 절반 정도 걸었을 때 아내에게 슬며시 말했습니다.

"나 다시 책을 쓰고 싶어. 어떤 주제로 책을 써야

할지 고민이야."

아내가 잠시 생각한 뒤 말했습니다.

"오빠는 게임 문화에 관심이 많잖아. 학생들에게 게임과 공부 둘 다 잘할 수 있는 법을 알려주는 책을 쓰면 어떨까?"

느낌이 왔습니다. 좋은 주제였습니다. 산책로를 다 돌 때까지 아내와 책 주제에 대해 대화를 나누었습니다.

글감이 떠오르지 않아 답답할 때는 산책을 하세요. 자연 속에서 한 걸음 두 걸음 천천히 걸으면 미처 생각하지 못한 아이디어가 떠오릅니다. 누군가와 함께해도 좋습니다. 대화 중에 스쳐 지나가는 아이디어를 놓치지 않고 메모하시기 바랍니다.

✏ 책 콘셉트 구상, 목차 짜기

집에 돌아와서 곧바로 책의 콘셉트를 구상했습니다. 가제는 〈게임, 좋아해도 괜찮아〉였습니다. 어떤 글을 어떻게 쓸지 생각나는 대로 무작정 써나갔습니다.

장 제목은 책의 메시지와 전개를 고려해서 지었습니다. 출퇴근 시간에는 버스에서 생각하고, 집에서는 입술을 삐죽 내밀고 모니터를 바라보며 정리했습니다. 고민하고 한 줄 적고, 고민하고 또 한 줄 적었습니다.

　　1장. 게임 전성시대

　　2장. 게임과 더불어 사는 인생

　　3장. 부모와 좋은 관계를 형성하는 마법

　　4장. 주도적으로 살아볼까

꼭지 제목도 정했습니다. 나중에 글을 쓰면서 장 제목을 추가하고 꼭지 제목도 고쳤지만 전체적인 개요는 이때 모두 구상했습니다.

✏️ 목차를 구성하다

책 쓰기에서 가장 중요한 것은 책을 쓰고자 하는 마음과 돌덩이처럼 무거운 엉덩이입니다. 그리고 초고를 완성할 때까지 굳은 결심을 잊지 않는 의지입니다.

그러나 순수하게 책 자체만 놓고 보면 기획이 가장 중요합니다. 누구에게, 어떤 메시지를, 어떻게 전달할지 결정해야 합니다. 출간 계약이 되느냐 마느냐는 여기서 결판난다고 해도 과언이 아닙니다.

출판사는 투고 받은 원고를 모두 읽지 않습니다. 투고 원고가 너무 많기 때문입니다. 목차와 내용을 쓱 훑어보고 마음에 들면 글을 읽고 출간 여부를 결정합니다. 그러니 원고를 쓰기 전에 기획을 꼼꼼하게 해야 합니다. 내가 남보다 잘하는 것, 내 강점이 무엇인지 고민하고 책 콘셉트에 반영하세요.

가령 육아가 주제라면 내 특별한 노하우가 담긴 육아법을 보여줘야 합니다. 다른 사람이 쉽게 흉내

낼 수 없는 경험을 담으면 좋습니다. 독특하면 독특할수록 출간 가능성도 높아집니다. 한동안 책의 목차와 꼭지를 다듬었습니다. 이제 원고를 써도 될 정도가 됐습니다. 부족한 점은 글을 쓰면서 보충해도 될 것 같았습니다.

곧바로 글을 쓰지는 않았습니다. 경쟁 도서를 참고해야 합니다. 목차의 완성도를 높이고 내 생각을 뒷받침하는 근거를 다른 책에서 찾고 싶었습니다. 비슷한 주제로 먼저 출간된 책도 살펴보고 싶었습니다.

가방을 챙겨 도서관으로 향했습니다.

2

참고도서 분석,
당당하게 커닝하기

책의 기획을 마쳤습니다.

- **제목** : 게임, 좋아해도 괜찮아
- **메시지** : 게임과 공부 모두 잘할 수 있는
  방법을 알려준다.
- **독자층** : 게임을 좋아하는 중학생

목차를 가다듬고 도서관으로 향했습니다. 참고도
서를 열람하기 위해서였습니다.

✏️ 참고도서는 언제 분석하는 게 좋을까요?

　참고도서를 읽기 전에 목차를 먼저 짜기를 추천합니다. 두 가지 이유가 있습니다.

　첫째, 목차를 정리하면서 정확히 어떤 참고도서를 분석할지 파악하기 위해서입니다. 내 책을 어떤 흐름으로 쓸지 염두에 두면 유사한 책을 찾기 수월합니다. 둘째, 목차를 쓰기 전에 다른 저자의 영향을 받지 않기 위해서입니다. 유명 작가의 책을 읽고 마치 처음부터 제가 생각했던 것인 양 베껴 쓰는 걸 경계했습니다.

　참고도서는 말 그대로 참고만 하고 싶었습니다. 책의 얼개를 어떻게 짤지는 스스로 고민해야 합니다. 다른 사람의 의견을 '참고'하기 위해서는 내 주관이 뚜렷해야겠죠. 무림에 막 진출한 신출내기가 절정 고수의 초식을 따라 하면 주화입마에 빠질 수 있습니다. 고수의 화려한 글재간에 동요하지 않도록 내 생각을 단련하고 덤빕시다.

✑ 키워드로 참고도서 찾기

참고도서로 찾은 키워드는 〈10대〉, 〈게임〉, 〈공부〉 세 가지였습니다. 다행히 세 가지 키워드 다 묶어서 출간한 책은 없었습니다. 비슷한 내용이 있더라도 책 전체 중에 한 꼭지 또는 두 꼭지 분량이었습니다. 두 가지 이상 키워드가 합쳐진 책은 정독했고, 한 가지 키워드가 들어간 책은 필요한 부분만 골라 읽었습니다.

청소년이 직접 쓴 책은 유심히 살펴봤습니다. 제 책의 독자가 10대였기 때문입니다. 10대가 학교와 학원에서 느끼는 점, 게임과 공부에 대해 드러내는 시각은 원고를 쓸 때 큰 도움이 됐습니다.

✑ 참고도서 참고하기

참고도서를 읽을 때는 제가 쓴 목차를 옆에 두고, 펜과 노트를 준비했습니다.

원고를 쓸 때 참고하기 위한, 목적이 뚜렷한 독서입니다. 제가 구성한 꼭지를 뒷받침하는 문장이 나오면 바로 노트에 옮겨 적었습니다. 필사를 하면서 저자의 정돈된 생각과 논리를 곰곰이 되짚었습니다. 와 닿는 글은 나중에 인용할 생각이었습니다. 있는 힘을 다해 책을 읽었습니다. 한 권의 책에서 인용할 문장을 하나 이상 찾는 게 목표였습니다. 조금씩 받아 적다 보니 노트에 메모한 문장들이 5~6페이지 가량 쌓였습니다.

게임 관련 책은 특별히 여러 관점에서 보려고 노력했습니다. 시중에는 게임 과몰입(중독)을 우려하는 책이 많았습니다. 아무래도 게임 하면 아직은 부정적인 시각으로 바라보는 관점이 대부분이었습니다. 게임의 긍정적인 부분을 조망하는 책은 도서관에 없어서 별도로 구입해서 읽었습니다. 원고를 쓸 때 도움이 됐습니다.

참고도서는 30권쯤 읽었습니다. 비슷한 주제의 책을 여러 권 읽으면서 일반적인 지식을 쌓았습니다. 고수의 글을 참고해서 목차를 더 세밀하게 다듬었습니다. 이제 글을 쓸 준비는 모두 끝냈습니다. 책의 메시지, 대상 독자, 목차, 참고도서 분석까지 마쳤습니다. 이제 책을 쓰기 위해 남은 건 딱 두 가지입니다.

하나는 초고를 최대한 빨리 집필하겠다는 굳은 의지이고 다른 하나는 돌처럼 무거운 엉덩이입니다. 책은 마음과 엉덩이 힘으로 쓰는 것이니까요.

이제 진짜로 책을 '쓰기' 시작했습니다.

―
3

초고 쓰기,
엉덩이에 물집 나게 쓰기

책의 주제와 목차를 정하고, 참고도서 분석을 마쳤습니다. 이제 글을 쓸 시간입니다. '나는 돌덩이다, 나는 돌덩이다.'라고 되뇌며 바른 자세로 앉았습니다. 컴퓨터를 켜고 한글을 실행했습니다. 파일명을 입력하고 저장부터 했습니다. 새하얀 화면을 물끄러미 바라봅니다. 괜스레 압박이 느껴집니다.

이번에도 잘할 수 있을까, 책 한 권 분량의 글을 쓸 수 있을까.

한번 쓰기 시작하면 책 쓰기라는 파도에 올라탈 수 있다는 걸 알기에 마음을 부여잡고 키보드에 손을 올립니다. 자판을 누르고 초고 쓰기 여정에 나섭니다. 언제나 시작이 가장 힘듭니다. 저는 최대한 빨리 초고를 쓰고 싶었습니다. 짧은 시간 동안 집중해서 글을 써야 탄력이 붙고 책 쓰기를 지속할 수 있기 때문입니다.

《10대를 위한 슬기로운 게임생활》초고를 쓰는 데에는 45일이 걸렸습니다. 39개 꼭지를 썼으니 하루에 한 꼭지 가량 쓴 셈입니다. 글이 잘 써질 때는 한 번에 세 꼭지를 쓰기도 했고 글이 안 써지는 날에는 한 꼭지도 쓰지 못했습니다. 초고라는 높은 산을 지치지 않고 재빠르게 올라가기 위해서는 여러 가지 방법을 동원해야 합니다. 앞 장에서 여러 번 이야기했지만 직장인 책 쓰기에서 가장 중요한 것은 시간 확보입니다. 워낙 중요하기 때문에 다시금 반복해서 설명합니다.

✍ 자투리 시간을 끌어 모으세요.

초고를 쓸 때는 틈새 시간을 모두 책 쓰기에 투자하세요. 하루를 글을 쓰는 시간과 글을 쓰지 않는 시간으로 나누세요. 회사에서 일할 때는 글을 쓸 수 없습니다. 일을 하지 않는 시간을 적극적으로 이용했습니다. 아침에 일어나서 사무실에 들어가기 전까지, 그리고 퇴근 후에 다시 글을 썼습니다.

출퇴근길은 책을 쓰는 데 최적의 시간이었습니다.

버스를 타고 집에서 회사까지는 1시간 30분이 걸립니다. 회사에서 집으로 돌아올 때도 1시간 30분이 소요됩니다. 도합 3시간을 글을 쓰는 데 투자했습니다. 버스를 타러 갈 때, 버스가 출발하기를 기다리는 시간에도 글을 썼습니다.

버스에서는 스마트폰으로 글을 썼습니다. 오타가 자꾸 나오고 손가락이 저릴 때도 있었지만 하루에 글을 가장 많이 쓸 수 있는 게 출퇴근 시간이었습니다. 놓칠 수 없었습니다. 퇴근하고 집에 돌아오면 가족과 시간을 보내고 딸을 재운 후 컴퓨터를 켰습니다. 출퇴근길에 스마트폰으로 쓴 글을 옮기고 다듬었습니다.

실전, 당신도 출간할 수 있다.

초고 쓸 때는 수면 시간을 줄였습니다. 평일이든 주말이든 새벽 5시에 일어났습니다. 아내와 딸이 자고 있을 때가 집중하기 좋았습니다. 날이 밝아 오는 걸 바라보며 고요한 아침에 홀로 글을 썼습니다.

혼자 있는 시간은 모두 책 쓰기로 채웠습니다. 걸으면서 어떤 글을 쓸지 생각하고 자기 전에 누워서 내일 쓸 글을 구상했습니다. 좋은 아이디어가 떠오르면 메모했습니다. 이렇게 글을 쓰면 직장인이어도 하루에 5시간 이상 글을 쓸 수 있습니다. 글을 쓸 수 있는 모든 시간을 꾹꾹 눌러 담아 책 쓰기에 집중해야 합니다.

✍ 다양한 장소에서 글을 쓰세요.

장소를 이리저리 바꿔가며 글을 쓰는 것을 권합니다. 저는 버스 안에서는 스마트폰으로, 카페에서는 태블릿 PC와 블루투스 키보드로, 집에서는 컴퓨터로 글을 썼습니다.

다양한 환경에서 새로운 자극을 받으면 기분이 좋아집니다. 글이 잘 써졌습니다. 늘 같은 곳에서 습관적으로 글을 쓰는 것도 좋지만 장소를 바꿔가며 글을 쓰는 것도 좋습니다. 가끔은 공원을 걸으면서 글을 썼습니다. 잘 안 풀리던 부분이 매끄럽게 해결될 때 속으로 야호를 외쳤습니다.

✍ 순서대로 쓰지 않아도 됩니다.

책은 목차의 순서대로 내용이 연결됩니다. 순서대로 글을 쓰는 게 좋지만 꼭 순서대로 쓸 필요는 없습니다. 순서대로 써야 한다는 강박에 특정 꼭지에서 진도가 나가지 않을 수도 있습니다. 그렇게 며칠을 끙끙 앓으면 초고를 쓰겠다는 결심이 약해집니다.

과감하게 꼭지를 건너뛰세요. 좋아하는 꼭지부터 써도 괜찮습니다. 나중에 글을 모으고 퇴고하는 과정에서 앞, 뒤 맥락을 연결하면 되니까요. 1장 썼다, 3장 썼다 다시 2장으로 돌아와도 괜찮습니다. 매일 글을 쓰는 게 중요합니다.

✒ 생각나는 대로 글을 쓰세요.

저는 초고를 쓸 때 생각나는 대로 막 씁니다. 문법에 맞지 않아도, 주어가 두세 번 들어가도, 같은 동사를 반복해도 무시하고 쭉 써나갑니다. 형식에 구애받지 않고 마구잡이로 씁니다.

대신 속도에 신경 써서 글을 씁니다. 재빨리 다 쓰고 나면 처음으로 돌아와서 차분하게 글을 읽습니다. 어색한 문장을 고쳐 쓰고 불분명한 단어는 사전을 뒤져 적합한 단어로 바꿉니다. 퇴고하면서 불필요한 내용을 지우고 글의 품질을 올립니다.

✒ 10,000자를 쓸 때마다 나를 칭찬하세요.

책 한 권은 A4용지 100장 분량으로 이루어집니다. 글자 수로 보면 12만 자 정도 됩니다. 저는 만 단위를 넘길 때마다 스스로에게 박수를 보냈습니다. 기분이 좋을 때는 소파에 등을 붙이고 쉬면서 나를 토닥였습니다.

1만, 2만, 3만, 6만이 넘어가면서 곧 초고를 다 쓰겠구나 생각했습니다. 책의 절반 분량을 집필하는 순간 9부 능선을 돌파하는 느낌이 들었습니다. 얼마 남지 않았다는 생각으로 더 책 쓰기에 몰입했습니다. 책을 쓰는 도중에는 아무도 나를 격려하지 않습니다. 좋은 글을 쏟아내도 칭찬하는 사람이 없습니다. 동기부여는 스스로 해야 합니다.

　　드디어 초고를 완성했습니다. 책 쓰기 과정 중에서 가장 행복한 순간입니다. 마우스 스크롤을 여러 번 올렸다 내렸다 하면서 제가 쓴 초고를 바라봅니다. 코끝이 살짝 시렸습니다. 부끄럽게도 제가 쓴 글을 바라보며 혼자 감상에 젖었습니다.

　　기쁨도 잠시, 이제 퇴고할 시간입니다. 초고를 쓸 때는 설레지만 퇴고할 때는 마음이 무겁습니다. 호랑이 감독이 되어 제가 쓴 글의 문제를 찾아내고 지적해야 하기 때문입니다.

　　3일 간 휴식을 취하고 퇴고에 들어갔습니다.

4

퇴고하기,
책의 불순물을 걸러내는 일

　초고를 다 썼습니다. 이제 책을 출간하기 위해서는 투고해야 합니다. 하지만 출판사에 원고를 보내기 전에 마지막으로 해야 할 일이 남았습니다. 바로 퇴고입니다.

　첫 번째 책을 쓸 때는 퇴고라는 단어를 몰랐습니다. 초고를 쓰고 쓱 훑어본 후 곧장 투고했습니다. 계약을 하고 저자증정본을 펼쳤을 때 화들짝 놀랐습니다. 첫 페이지부터 오탈자가 눈에 띄었습니다. 완벽한 글인 줄 알았는데 완벽한 착각이었습니다. 제 잘못이었습니다. 좀 더 꼼꼼하게 원고를 살펴야 했습니다. 독자는 책을 읽으면서 저자의 글을 읽지 출판사의 글을 읽지 않습니다. 책임감을 갖고 원고를 검토해야 했습니다.

요즘에도 간혹 첫 번째 책을 읽는데, 이루 말할 수 없을 정도로 부끄럽습니다. 한 번만 제대로 퇴고했다면 실수를 충분히 걸러냈을 겁니다. 너무나도 민망하지만 '지난 글이 부끄럽다고 느껴질 정도로 내가 발전했구나.'라고 스스로 합리화합니다. 공복에 소주 한 잔 마신 것처럼 속이 쓰리지만요. 저와 같은 실수를 하지 않도록 꼭 퇴고하시기 바랍니다.

✏️ 퇴고가 뭐예요?

포털 사이트에서 퇴고를 검색했습니다.

"퇴고(推敲)는 글자 그대로 해석하면 미는 것과 두드리는 것이지만 '글을 쓸 때 여러 번 생각해 잘 어울리도록 다듬고 고치는 일'을 뜻한다." 퇴고의 정확한 의미와 유래를 이제야 알았습니다. 또 부끄럽네요. 퇴고의 고(敲)가 원고의 고(稿)와 같은 줄 알았습니다.

퇴고의 정의대로 원고를 밀고 두드리면서 다듬어야 합니다. 글의 완성도를 높이면서 출간 확률도 높여주는 작업이 퇴고입니다.

✎ 같은 단어, 같은 동사를 바꿔보세요.

사람은 저마다 버릇이 있습니다. 글쓰기도 사람이 하는 일인 만큼 습관이 묻어납니다. 내가 자주 쓰는 단어와 관용구가 원고지 위에 올라갑니다. 내가 사용하지 않는, 떠올리지 못하는 단어와 문장을 쓸 수는 없습니다.

프로이트는 "사람의 말에는 실수가 없다."라고 말했습니다.

나도 모르게 툭 튀어나오는 말은 내가 무의식적으로 생각했기 때문에 나온 것입니다. 모르는 어휘와 개념을 말할 수는 없습니다. 글도 마찬가지입니다. 퇴고할 때는 국어사전을 곁에 둬야 합니다. 버릇처럼 쓰는 단어를 다른 말로 바꿔 원고를 풍성하게 만들기 위해서입니다. 같은 단어와 동사의 중복은 글을 단조롭게 합니다. 키워드가 아닌 이상 한 꼭지에 같은 단어와 동사를 쓰지 않는 게 좋습니다.

이를테면 글을 '쓰다'를 적다, 집필하다, 작성하다, 기록하다, 새기다로 바꾸어 보세요. 좋은 글이 더 좋은 글로 변할 겁니다. '쓰다'를 다른 방식으로 표현해도 좋습니다. 원고지에 펜을 휘둘렀다, 키보드를 두드렸다처럼요.

국어사전에 단어를 입력하면 유의어와 반의어가 함께 나옵니다. 평소에 사용하지 않는 어휘를 익히고, 단어를 바꾸어 쓰면 글의 품질이 올라갑니다. 원고가 좋아지니 출간 확률도 높아집니다.

✒ 숫자가 들어간 곳은 두세 번 확인하세요.

어떤 현상을 설명할 때는 숫자를 활용하세요. 예를 들어 그냥 '키가 작은 사람'이라고 하면 사람마다 자기 기준에 따라 키 작은 사람을 상상할 수밖에 없습니다. 그러나 '150센티미터의 키'라고 기술하면 독자 모두 정확히 150센티미터를 그리게 됩니다. 많은 사람보다 열다섯 명, 가까운 거리보다 100미터 간격처럼 상황을 묘사할 때는 숫자를 적극적으로 이용하세요.

퇴고할 때 숫자를 잘못 쓰지 않았는지도 꼭 확인하세요. 분문에 지구 자전속도를 기입했는데요. 지구 자전속도는 시간당 약 1,700킬로미터인데 처음에 1,300킬로미터라고 썼습니다. Delete 버튼을 누르고 실수를 바로잡았습니다. 순간 등골이 오싹했습니다. 객관적인 사실을 잘못 써서 독자에게 잘못된 정보를 전달할 뻔했으니까요. 숫자를 애용하되 잘못 쓰지 않았는지 두세 번 점검하세요.

✍ 불필요한 주어, 접속사 빼기

우리말은 영어와 다르게 주어가 없어도 이해하는 경우가 많습니다. 앞 문장에서 주어가 무엇인지 썼으면 다음 문장에 굳이 주어를 반복해서 쓰지 않아도 됩니다. '저는 직장인입니다. 저는 주말에도 회사에 다녀왔습니다.' 뒤 문장의 '저는'을 빼면 한결 읽기 편합니다.

접속사도 마찬가지입니다. 접속사가 없어도 글을 해석할 수 있으면 빼야 합니다. '나는 오늘 카페에 갔다. 그리고 커피를 주문한 다음 화장실에 갔다.'에서 '그리고'를 제거해도 알아들을 수 있습니다. 주어와 접속사를 빼면 뺄수록 글이 간결해지고 문장이 짧아집니다.

✏️ 퇴고는 세 차례 하세요.

퇴고는 많이 하면 많이 할수록 좋습니다. 그러나 끝도 없이 퇴고할 수는 없습니다. 완벽했다고 생각했던 글도 다음 날에 보면 부족한 점이 보입니다. 애초에 완벽한 글은 없습니다. 그 순간만 완벽하다고 생각할 뿐입니다. 마감 기한이 있는 글을 쓰듯이 어느 순간에는 원고를 정리하고 끝을 봐야 합니다.

실전, 당신도 출간할 수 있다.

저는 세 번 퇴고하는 것을 추천합니다. 첫 번째, 두 번째는 컴퓨터로 퇴고하고 세 번째는 원고를 출력해서 퇴고하는 방법입니다. 모니터에 쓰여 있는 글과 종이에 적혀 있는 글은 다릅니다. 종이 원고를 책처럼 읽어보세요. 미처 발견하지 못한 실수가 보일 겁니다.

마지막 퇴고는 이전 퇴고를 끝내고 일주일 뒤에 하는 걸 권합니다. 일주일 동안 원고를 잊고 머리를 식히세요. 푹 쉬고 새로운 마음으로 원고를 보면 발췌하지 못했던 오류를 찾을 수 있습니다.

— 5

출간기획서,
간절함을 담아 한 글자씩

퇴고를 마쳤습니다. 초고 쓰는 것보다 퇴고가 더 힘들었습니다. 초고는 편하게 쓸 수 있었지만 퇴고는 가벼운 마음으로 할 수 없었습니다. 퇴고를 끝낸 원고는 출판사에서 읽을 테니까요. 글의 흐름이 어색하지 않은지 살피고, 문장 순서를 바꾸고, 한 문장씩 고쳤습니다. 숲과 나무를 번갈아 봤습니다.

대충 마무리하고 투고하고 싶은 욕심이 생기기도 했습니다. "이제 충분한 것 같으니 얼른 투고해!"라는 악마의 목소리와 "아니야 조금만 더 다듬자."라는 천사의 목소리 사이에서 갈팡질팡했습니다.

저는 알고 있습니다. 출판사에서 투고 원고를 모

실전, 당신도 출간할 수 있다.

두 읽지 않는다는 사실을요. 저자 약력과 책의 주제, 목차를 훑어본 뒤에야 읽어야 할 원고인지 아닌지 판단하는 것도 압니다. 어느 정도 퇴고에 공을 들였으면 적당한 시점에 끝내는 게 현명할 수도 있습니다. 머리를 쥐어뜯어도 더 좋은 문장이 생각나지 않을 수도 있습니다. 그러나 책 쓰기는 처음부터 나와의 싸움이었습니다. 만족스러울 때까지 원고를 깎고 싶었습니다. 투고의 유혹을 이기는 것도 퇴고의 일부입니다.

퇴고를 마쳤으니 이제 투고해야 합니다. 투고를 하기 전에 두 가지를 챙깁니다. 출간기획서와 투고 인사말입니다.

✎ 출간기획서를 작성하세요.

투고할 때는 원고와 함께 출간기획서를 보냅니다. 출간기획서는 원고를 책으로 만들어달라고 출판사를 설득하는 문서입니다. 저자 정보, 책의 개요를 담습니다.

출판사는 출간기획서를 보고 원고를 읽을지 말지 가늠합니다. 출간기획서가 마음에 들어야 원고를 읽어 보죠. 기획출판의 경우 저자는 출간 비용을 내지 않습니다. 원고를 집필하는 데 드는 비용은 저자가 대지만 글 쓰는 데 돈은 거의 들지 않습니다. 엉덩이만 아플 뿐이죠. 굳이 따지자면 참고도서 구입비용, 카페에서 글을 쓰기 위해 음료를 구입하는 비용 정도가 들 겁니다.

책을 실제로 만드는 데 필요한 돈은 모두 출판사가 부담합니다. 저자와 원고를 믿고 투자금보다 수익이 클 것이라 판단한 뒤 출간 여부를 결정합니다. 출간기획서를 무기로 수 천만 원의 투자를 받아야 합니다. 값어치를 할 수 있도록 세심하게 준비해야겠죠.

✎ 출간기획서에는 어떤 정보를 넣나요?

출간기획서가 중요하다고 파워포인트로 화려하게 꾸밀 필요는 없습니다. 한글, 워드 파일로도 충분합

실전, 당신도 출간할 수 있다.

니다. 출판사 임직원은 바쁩니다. 그들이 시간을 아낄 수 있도록 필요한 정보만 전달하세요.

1. 인적사항 (이름, 나이, 주소, 연락처)

2. 저자 약력

3. 책 제목(가제), 부제

4. 기획 의도

5. 책의 메시지

6. 타깃 독자

7. 목차

8. 원고, 저자의 강점

9. 홍보 계획

제가 첫 번째 책의 출간기획서를 작성할 때는 글도 엉성했고 홍보 계획도 전혀 없었습니다(지금도 없지만요). 내세울 건 하나밖에 없었습니다. 프로게이머 경력이었습니다. '프로게이머 출신이 프로게이머에 관한 글을 쓴다.' 잘 먹힐 줄 알았습니다. 하지만 150군데 넘게 퇴짜를 맞았습니다.

그럼에도 끝내 출간할 수 있었던 이유는 프로게이

머 경험 덕분이었습니다. 전(前) 프로게이머가 쓴 게이머 이야기에 몇몇 출판사에서 관심을 가졌습니다. 거꾸로 말해 아무것도 내세우지 않으면 출간으로 이어지기 어렵습니다. 읽지 않고는 견딜 수 없는 글이 아니라면 출판사에서 관심을 두지 않습니다. 처음 책을 쓰는 저자라면 막막할 수 있습니다. 그러나 모든 작가가 거친 길입니다. 유명 작가도 수많은 거절을 당했습니다. 누구에게나 시작은 어렵습니다.

내 강점을 출간기획서에 적극적으로 드러내세요. 출판사에서 이상하게 생각하지 않을까 부끄러워하지 마세요. 책 한 권 분량의 원고를 썼다면 그 안에 무수히 많은 내 스토리가 담겨있을 겁니다. 나만이 쓸 수 있는 이야기, 이미 출간된 책과 다른 점을 끄집어내서 출간기획서에 강조하세요. 이 사람이 왜 이러나 싶을 정도로 스스로를 홍보하세요. 거짓말을 하라는 건 아니고 팩트에 MSG를 곁들이세요.

✍ 전하고 싶은 말은 투고 메일에 쓰세요.

출간기획서에는 저자 소개, 원고의 강점, 책의 콘셉트를 요약하세요. 대신 투고 인사말에 하고 싶은 말을 자세히 적으세요. 나는 어떤 사람이고, 어떻게 이 책을 쓰게 됐는지, 책을 내서 기대하는 점은 무엇인지 A4용지 반 페이지에서 한 페이지 가량 쓰세요.

출간기획서에서는 강점을 과장했지만 투고 인사말은 겸손하게 쓰는 게 좋습니다. 내 기획과 원고를 검토하는 건 사람입니다. 공손한 사람을 싫어하는 사람은 없습니다. 공손한 글을 싫어하는 사람도 없죠. 아래에 투고 인사말 전문을 옮깁니다.

안녕하세요, 조형근이라고 합니다.

게임 X 공부, 10대를 위한 슬기로운 게임생활 (가제) - 자기주도 학습은 자기주도 게임으로부터 시작된다. (부제) 원고 투고합니다.

우리나라 10대는 대부분 게임을 하는 자신을 통제하는 데 어려움을 겪습니다.
게임과 공부 사이에 균형을 잡지 못해 부모와 마찰이 생깁니다.

부모를 대상으로 하는 자녀 교육서는 많지만
정작 변화의 주체인 10대를 위한 게임 활용서는 드뭅니다.

고등학생 프로게이머에서 대기업 연구원까지, 그리고 게임 관련 책을 발간한 경험을 바탕으로 글을 썼습니다.

게임과 공부의 병행을 강조한 첫 책 《프로게이머를 꿈꾸는 청소년들에게》는 2016년에 발간됐지만 최근 개정판이 나왔고 지금도 꾸준히 판매되고 있습니다. 게임과 공부 상호관계를 다루는 분야는 특수한 주제인 만큼 시장성이 있고 스테디셀러가 될 가능성이 높다고 생각합니다.

프로게이머를 목표로 하는 청소년뿐만 아니라 단순히 게임을 좋아하는 10대와 자녀를 둔 부모 모두 만족할 수 있도록 내용을 확장하고 다듬었습니다. 학생들이 자기주도 인생을 사는 데 도움이 되었으면 좋겠습니다.

출간기획서와 함께 원고를 송부 드립니다. 바쁘신 와중에 검토해주셔서 감사합니다. 환절기 건강 유의하시기 바랍니다.

조형근 드림

출간기획서와 투고 인사말까지 빠짐없이 준비했습니다. 심장박동이 빨라지는 순간이 왔습니다. 투고하면 언제쯤 연락이 올까, 출판사에서 원고를 제대로 검토해줄까. 가슴이 두근거립니다. 월요일 새벽 5시, 알람이 울리기 전에 일어났습니다. 샤워를 하고 컴퓨터 앞에 앉았습니다.

미리 작성한 투고 인사말을 복사 붙여넣기 하고 출판사 메일 주소를 입력했습니다. 투고할 때는 늘 떨리면서 설렙니다. 보내기 버튼을 클릭했습니다.

그동안 혼자서만 보던 원고가 처음으로 세상 밖으로 날아갑니다. 훨훨 날아 출판사의 마음에 가닿기를 기원했습니다.

실전, 당신도 출간할 수 있다.

6

투고,
1승만 거두면 됩니다.

투고 준비를 마쳤습니다. 마지막으로 출간기획서와 원고의 파일명을 바꿨습니다. 책의 가제를 적고 앞에 [출간기획서], [원고]라고 표시했습니다.

월요일 새벽 5시, 투고할 생각에 저절로 눈이 떠졌습니다. 샤워를 하고 컴퓨터 앞에 앉았습니다. 미리 준비해둔 투고 인사말을 메일에 쓰고 출간기획서와 원고를 첨부했습니다. 출판사에서 긍정적으로 검토해주길 간절히 바라며 메일을 보냈습니다. 원고가 제 손을 떠났습니다. 공은 출판사에 넘어갔습니다. 출판사와 인연이 닿길 바랐습니다.

✒ 출판사 메일 주소는 어떻게 수집하나요?

발품을 팔면 손쉽게 출판사 메일 주소를 모을 수 있습니다. 돈을 주고 구입하거나 인터넷에서 출판사 목록을 구할 수도 있지만 손수 모으는 걸 추천합니다. 출판사마다 전문 분야가 다르기 때문입니다. 출판사에서 어떤 장르, 어떤 분야의 책을 주로 출간하는지 알아두면 투고하는 데 도움이 됩니다.

첫 번째 책의 원고를 투고할 때는 무식한 방법을 썼습니다. 서점에 가서 아무 책이나 하나씩 집어 들고 판권 페이지 사진을 찍었습니다.

'찰칵찰칵' 소리에 점원이 슬그머니 다가왔습니다. 날카로운 눈빛으로 뭐하냐고 물어봅니다. 출판사 이메일 주소를 찍고 있다고 대답했습니다. 점원은 이상한 사람이라는 듯 고개를 갸우뚱하고 제자리로 돌아갔습니다. 아무 일도 아닌데 식은땀이 났습니다. 서점에서 어색하게 이 책, 저 책 촬영하는 사람은 예비 작가일 가능성이 높습니다.

그렇게 200여 군데 출판사 메일 주소를 담아서 집으로 왔습니다. 엑셀 파일에 출판사 이름과 메일 주소를 정리했습니다.

이번에 원고를 투고할 때는 스마트하게 이메일 주소를 모았습니다. '알라딘' 사이트에는 책 미리 보기 기능으로 원고 일부와 판권 페이지를 볼 수 있습니다. 굳이 서점에 가지 않아도, 돈을 주고 사지 않아도 출판사 이메일 주소를 수집할 수 있습니다.

✍ 원고의 콘셉트에 맞는 출판사에 먼저 투고하세요.

출판사마다 주력 분야가 다릅니다. 에세이, 자기계발서, 경제, 문학, 청소년, 아동 등 다양합니다. 특정 분야의 책만 출간하는 출판사도 있고, 여러 분야를 아우르는 출판사도 있습니다. 내가 쓴 원고와 맞는 출판사에 먼저 투고하세요. 전문 분야이기에 적극적으로 검토할 가능성이 높습니다.

출판사 목록을 모았으면 기준을 세워 투고 순서를 정해야 합니다. 주력 분야, 출판사 규모, 책 디자인, 출간 수 등 종합적으로 고려해서 내 마음속 출판사 순위를 매기세요.

제 개인적인 투고 순서는 아래와 같습니다.

1. 해당 분야의 책을 5권 이상 출간한 대형출판사
2. 해당 분야의 책을 5권 이상 출간한 소형출판사
3. 해당 분야의 책을 1권 이상 출간한 대형출판사
4. 해당 분야의 책을 1권 이상 출간한 소형출판사
5. 해당 분야의 책을 출간하지 않은 대형출판사
6. 해당 분야의 책을 출간하지 않은 소형출판사

5, 6번의 경우 원고가 채택되기는 어렵습니다. 출판사에서 최근 1년 동안 어떤 책을 출간했는지 살펴보세요. 어느 분야에 집중하고 있는지 가늠할 수 있습니다.

✎ 대형출판사, 소형출판사 어디가 낫나요?

일장일단이 있습니다. 대형출판사는 체계가 잡혀 있습니다. 기획, 편집, 제작, 홍보부서가 나뉘어 있습니다. 마케팅 역량도 우수합니다. 책이 출간되면 서점에서 눈에 잘 띄는 평대에 놓일 확률이 높습니다. 대신 원고를 검토하고 책을 출간하는 데 시간이 많이 걸립니다. 출판사의 입맛에 맞춰 목차와 내용을 수정해야 할 수도 있습니다.

소형 출판사는 보통 대표님이 바로 의사결정을 합니다. 투고 메일을 직접 읽고 출간 여부를 판단하기도 합니다. 책을 출간하는 데 걸리는 시간도 짧습니다.

대형출판사는 미리 계약한 원고를 검토하느라 정신없이 바쁘지만 소형출판사는 내 원고에 집중합니다. 그러나 책이 나와도 서점에서 찾기 어려울 수 있습니다. 마케팅 역량도 상대적으로 부족하고요. 굳이 선택하라면 대형출판사가 낫겠지만, 어디든지 괜찮습니다. 내 원고에 아낌없이 투자하고 책으로 만들어준다는데, 어디든 감사할 일입니다.

✐ 순차적으로 투고하세요.

한 번에 모든 출판사에 투고하지 말고 마음속 출판사 우선순위에 따라 순차적으로 투고하세요. 이를테면 2주 간격으로 20군데씩 투고하는 겁니다. 투고 후 2주가 흘렀는데도 연락이 없으면 그다음 20군데에 투고하고요. 출판사에서 투고 원고를 검토하는 데는 일주일에서 한 달이 소요됩니다. 2주 안에 특별한 연락이 없다면 다음 출판사 그룹에 투고하세요.

만약 어느 출판사와 기분 좋게 계약을 마쳤는데, 며칠 뒤에 다른 출판사에서 더 좋은 조건을 제시하면 땅을 치고 후회할지도 모릅니다. '이제 아무래도 좋다. 아무 곳이나 상관없으니 제발 내 원고를 출간해주는 출판사를 만났으면 좋겠다.'라는 생각이 들 때까지는 마음속 출판사 순서대로 보내시기 바랍니다.

실전, 당신도 출간할 수 있다.

✒ 출판사에 성의를 보여주세요.

투고할 때 단체메일은 권하지 않습니다. 한 출판사에 하나씩 메일을 보내는 성의를 보여주세요. 메일 내용에도 ○○출판사에서 출간한 책에 대한 소감을 포함하면 좋습니다. 투고 원고를 검토하는 담당자가 '저자가 우리 출판사에 관심을 갖고 있네.'라고 생각하며 한 글자라도 더 살펴볼 겁니다.

만약 단체메일을 보낸다면 '한명씩 발송'을 체크하세요. 출판사도 저자가 한꺼번에 투고하는 것을 알지만 원고를 검토할 출판사에 대한 예의입니다.

50 군데쯤 투고했을까요.

한 출판사 부대표님의 회신을 받았습니다.

느낌이 좋았습니다. '검토에 2주가 소요되고', '귀한 원고를 투고해주셔서 감사합니다.'같은 형식적인 답장이 아니었습니다.

"빠른 시일 내에 검토하고 출간 여부가 결정되면 바로 연락드리겠습니다."

원고에 관심을 갖고 읽겠다는 인상을 받았습니다. 다음 날 다시 메일을 받았습니다.

"참 좋은 내용입니다. 저희가 출간하고 싶은데 어떠신지요?"

날아갈 듯이 기뻤습니다. 생각보다 빨리 원고의 가치를 알아주는 출판사를 만났습니다. 투고는 1승만 거두면 이기는 게임입니다. 100번 퇴짜를 맞아도 한 군데에서만 나를 알아봐 주면 됩니다. 심장이 떨리기 시작했습니다. 아직 계약이 이루어진 건 아니었습니다. 직접 찾아뵙고 책 내용, 출간 일정, 계약에 관한 이야기를 나누고 싶었습니다.

약속을 잡고 출판사에 달려갔습니다.

실전, 당신도 출간할 수 있다.

7

계약,
작가가 되는 순간

한 출판사 부대표님이 출간 의사를 보이며 투고 메일에 답장을 보내주었습니다. 하늘을 날 듯한 기분이었습니다. 마음을 가라앉히고 담담한 척 답장을 보냈습니다.

"부족한 원고를 읽어주시고 좋은 말씀까지 해주셔서 감사합니다. 원고의 보완할 점을 조언 받고, 출간 제반사항을 논의하고 싶습니다. 결례가 아니라면 출판사에 방문하여 이야기를 나누고 싶습니다."

몇 시간 뒤에 언제든지 방문해달라는 회신을 받았습니다. 몇 차례 메일을 주고받으며 약속 시간을 정했습니다. 출판사는 파주출판단지에 있었습니다.

파주출판단지는 언젠가 한번 가보고 싶었던 곳이었습니다. 잘됐다 싶었습니다. 설레는 마음에 잠을 설쳤지만 파주에 향하는 발걸음은 가벼웠습니다. 운전 중에 듣는 음악에 유난히 마음이 들떴습니다. 약속 시간보다 30분 일찍 도착했습니다. 길가에 차를 세우고 기분 좋은 떨림을 만끽했습니다.

파주출판단지에는 수많은 출판사가 옹기종기 모여 있습니다. 출판사 옆에 출판사가 보였습니다. 출판단지라는 책장에 꽂힌 책처럼 건물이 일렬로 쭉 늘어서 있었습니다. 거리는 고요했습니다. 마치 도서관에 온 것 같았습니다.

출판사 직원들이 하나둘 출근하는 모습을 바라보며 '책을 만드는 일은 어떤 느낌일까' 잠시 공상에 빠졌습니다. 그들의 삶 속에서 제 책이 만들어지는 과정을 상상했습니다. 웃음이 났습니다. 약속 시간이 되었습니다. '책을 좋아하는 것과 책을 만드는 일을 하는 건 전혀 다른 일이겠지.'라고 황급히 상상을 매듭짓고 출판사에 갔습니다.

실전, 당신도 출간할 수 있다.

✍ 환대, 토론, 그리고 계약

출판사에 들어갔습니다. 사무실 전체가 책에 둘러싸여 있었습니다. 수많은 책이 자신의 향기를 뿜내며 환영하는 것 같았습니다. 사무실 안쪽 끝에 부대표님이 마중 나와 있었습니다. 부대표님은 사무실에서 편집 팀장님 두 분과 함께 기다리고 있었습니다.

6명이 앉을 수 있는 직사각형 탁자 한쪽 편에 세 분이 나란히 앉았습니다. 저는 반대편 가운데 자리에 앉았습니다. 잠시 정적이 흘렀습니다. 취업준비생이 되어 기업 면접장에 온 것 같았습니다. 제 자리에만 김이 올라오는 커피가 놓여 있었습니다.

"안녕하세요."

다 같이 인사했습니다. 부대표님은 출판사 약력을 간단히 설명해 주었습니다. 연신 고개를 끄덕이며 경청했습니다. 처음 온 장소, 처음 보는 사람, 처음 맡는 공기가 특별하게 느껴졌습니다. 이윽고 원고에 대해 이야기했습니다.

"원고가 좋아요. 지금 사회 분위기에도 적합한 주제라고 생각하고요. 우리가 좋은 책으로 만들어 볼게요. 다른 출판사 연락 많이 받았죠?"

러브콜을 받은 건 처음이자 마지막이었습니다. 순간 '여러 곳에서 관심을 갖고 있다고 거짓말해야 하나' 생각했습니다. 처음 연락받은 거라고 하면 왠지 안 될 것 같은 느낌이 들었습니다. 거짓말은 나오지 않았습니다.

"사실 처음 연락받았습니다."

좋아하는 건지 아닌지 알 수 없는 표정이 잠시 스쳤습니다. 화제를 바꿔 프로게이머, 직장인, 작가를 아울러 살아온 이야기를 나누었습니다. 부대표님 옆에 앉아 있는 편집 팀장님 두 분은 원고 내용을 자세하게 물어봤습니다. 두 분 자리 위에는 제가 작성한 출간기획서가 놓여 있었습니다. 중간 중간에 밑줄을 치고 메모한 흔적이 보였습니다.

참 좋았습니다. 전문가와 원고에 대해 대화를 나누고 방향성을 토의하는 게 즐거웠습니다. 여러 질문을 받았습니다. 어떤 물음에는 수줍게 설명하기도 하고, 어떤 물음에는 단호하게 대답하기도 했습니다. 화기애애하게 미팅을 마쳤습니다.

전체적인 원고의 방향성은 유지하고 일부 내용을 보충해 책을 출판하기로 합의했습니다. 출판사에서 출간한 신간 네 권도 선물 받았습니다. 새 책은 언제나 좋습니다. 집으로 가는 길에 파주출판단지의 풍경이 더할 나위 없이 맑고 깨끗했습니다.

출간 계약은 우편으로 진행했습니다. 계약서 두 부를 받고 사인한 다음 한 부를 출판사에 보냈습니다. 사인을 하는 순간 진짜로 책의 저자가 됐습니다.

이제 원고의 교정만 남았습니다. 편집 주간님이 원고를 담당하기로 했습니다. 메일로 인사를 나누고 1장부터 5장까지 편집을 시작했습니다. 각 장마다 검토가 끝나면 편집본과 요청사항을 전달받았습니다.

전문가에게 글쓰기와 편집의 기술을 배우는 시간이었습니다.

편집,
원고가 드레스를 입다.

원고의 가치를 인정한 출판사를 만나 출간 계약을 마쳤습니다. 출판사에서는 서둘러 출간하길 원했습니다. 책 편집이 시작됐습니다. 편집에는 3주가 걸렸습니다. 즐거운 나날이었습니다. 편집 과정에 책 쓰기가 무엇인지 다시금 배웠습니다. 편집자의 몫이 얼마나 중요한지도 알게 되었습니다.

✎ 편집자는 독자를 바라봅니다.

편집 주간님(편의상 편집자라고 하겠습니다.)이 편집을 시작하기 전에 원고를 한번 보고는 책의 독자가 정확히 누구인지 물었습니다.

"독자가 부모인가요? 학생인가요?"

"게임을 좋아하는 10대 청소년입니다."

부모가 책을 구입해주는 경우가 많겠지만 10대가 읽을 걸 생각하며 원고를 썼다고 말했습니다. 편집자는 문체를 강연체로 바꾸자고 말했습니다. 처음 들어보는 단어였습니다.

"강연체가 무엇인가요?" 제가 물었습니다.

"강연하듯 서술하는 '습니다' 체입니다."

10대를 존중하고 친근하게 다가가기 위해 반말을 존댓말로 바꾸자는 의견이었습니다. 그러고 보니 10대를 대상으로 하는 참고도서 대부분이 존댓말로 쓰여 있었습니다. 저는 글을 쓸 때 원고의 내용만 생각했지 문체까지 고려하지 않았습니다. 편집자의 의견에 따라 문체를 수정했습니다.

10대를 위한 책인 만큼 재미있게 풀어나가면 좋겠다는 말도 들었습니다. 제 원고는 유머, 위트와는 거리가 멀었습니다. 재미있게 쓰고 싶었지만 재능이 모자랐습니다. 말을 재미있게 못 하는 사람이라 글도 재미있게 쓸 수 없었습니다.

편집자는 1장의 꼭지들을 각색했습니다. 지루한 문장은 과감하게 덜어냈습니다. 문장에 웃음 포인트를 주고 형용사와 부사를 적절히 추가했습니다. 편집자가 수정해준 글을 보고 저도 원고 전체를 비슷한 느낌으로 다듬었습니다. 돌처럼 딱딱한 글이 점토처럼 말랑말랑해졌습니다.

✑ 편집자는 원고를 가장 객관적으로 보는 사람입니다.

편집자는 원고를 객관적, 비판적으로 보는 사람입니다. 글의 허점은 무엇인지, 보충해야 할 곳은 어디인지 제삼자의 눈으로 짚어줍니다. 행운이었습니다. 제 원고를 담당한 편집자는 그야말로 베테랑이었습니다. 남이 쓴 글을 칭찬하기는 쉽지만 비판하기는 아주 어렵습니다. 시간과 노력을 들여 글을 쓴 사람에게 '당신 글이 잘못됐어요!'라고 충고하기란 쉽지 않습니다.

저는 조금이라도 마음에 걸리는 점이 있으면 전부 이야기해달라고 요청했습니다. 편집자의 지적을 받고 글을 돌아보고, 글쓰기를 배우고 싶었습니다. 편집자의 문제제기를 기분 좋게 받아들였습니다. 그게 저자가 할 일이라고 생각했습니다. 편집자가 원고의 잘못된 점을 바로잡아주지 않으면 잘못된 채로 책이 출간됩니다. 지적을 많이 받으면 받을수록 내용이 충실해집니다.

덕분에 글쓰기 근육이 튼튼해지고, 독자가 바라보는 관점을 알 수 있었으니 이만한 수확이 없습니다. 무료로 글쓰기 과외를 받았습니다. 물론 편집자의 의견을 수용할지 말지는 저자가 판단합니다. 모든 견해를 받아들이지는 않았습니다. 옳다고 생각한 것은 제 주장을 관철했습니다. 편집자는 제 의견을 100% 받아들여 주었습니다. 저를 존중하고 글이 좋다 나쁘다를 객관적으로 말해준 것에 감사했습니다.

✐ 꼭지 제목 바꾸기

꼭지 제목을 대폭 수정했습니다. 제목이 진부하다는 말을 들었습니다. 상투적인 꼭지 제목을 신선하게 바꿨습니다. 이를테면 프로게이머를 그만두고 학업에 복귀한 내용의 꼭지 제목은 "내가 마우스 대신 책을 챙기게 된 사연"으로, 게임의 올바른 활용을 강조하는 꼭지는 "게임에 무죄를 선고합니다."로 바꿨습니다.

카피라이터가 이런 기분일까요. 아무리 고민해도 괜찮은 제목이 떠오르지 않을 때도 있었습니다. 그럴 때는 집 앞 공원을 걷거나 침대에 이불 덮고 누워 생각했습니다.

✐ 꼭지 소제목 정하기

책의 한 꼭지 당 글자 수는 2,500자에서 3,000자가량입니다. 꼭지 안에서 내용이 바뀌는 곳마다 소제목을 달았습니다. 처음에는 편집자가 소제목을 붙이다가 나중에는 함께 고민해서 썼습니다. 소제목을 붙이는 것은 1000자가 넘는 글을 한 문장으로 표현하는 일입니다. 만만치 않았습니다. 그래도 직접 해서 좋았습니다. 글을 한 문장으로 요약하는 것이 이렇게 어려운 일인지도 처음 알았습니다.

편집자와 함께 원고를 다듬은 3주 동안 책 쓰기를 배웠습니다. 독자에 따라 어떻게 글을 수정해야 하는지 익혔습니다. 불필요한 내용은 아무리 아까워도 덜어내야 한다는 것도 알았습니다. 저자의 이름은 책 표지에 크게 적힙니다. 하지만 편집자의 이름은 보이지 않습니다. 판권 페이지에 조그맣게 이름이 실릴 뿐입니다. 독자는 저자가 누구인지 확인하지만 편집자가 누구인지 관심을 갖지 않습니다. 그렇지만 책을 만드는 데 편집자의 역할은 무엇보다 중요합니다.

원고 편집을 끝냈습니다. 마지막 PDF 파일을 넘겨받고 교정본을 확인했습니다. 감개무량했습니다. 저수지 공원에서 책을 쓰겠다고 다짐한 게 엊그제 같은데 어느덧 원고가 완성됐습니다.

출간을 위한 작업이 마무리됐습니다. 이후 표지

디자인 작업을 거치고 저자소개글을 작성했습니다. 모든 편집 작업이 끝난 뒤 책이 출간됐다는 연락을 받았습니다. 며칠 뒤 저자증정본 10부를 택배로 받았습니다. 무더웠던 7월, 공원길에서 머릿속으로 그렸던 꿈은 선선한 10월에 현실이 되었습니다.

실전, 당신도 출간할 수 있다.

원고 투고 후 하지 말아야 할 세 가지 행동

책의 기획부터 초고 쓰기, 퇴고까지 끝냈나요? 출간기획서와 투고인사말까지 작성했다면 남은 것은 투고뿐입니다. 떨리는 순간입니다.

투고할 때는 보통 원고와 출간기획서를 함께 출판사 이메일로 송부합니다. 인터넷이 보급되기 전에는 우편봉투에 원고를 담아 투고했다고 합니다. 직접 출판사에 찾아가서 투고하는 경우도 많았다고 하네요. 원고에 애착을 가진 저자의 마음이 느껴집니다.

'두근두근, 콩닥콩닥, 쿵쾅쿵쾅' 심장 박동 소리를 들으며 투고했나요?

원고가 베스트셀러로 변해 수많은 독자들에게 읽히는 상상. 생각만 해도 웃음이 번집니다.

원고를 투고했다면 출판사에서 원고를 검토하고 연락

을 줄 때까지 기다려야 합니다. 책 쓰기 과정에서 이때만큼 시간이 안 가는 시기가 없어요. 갑자기 시간이 느려지고 하루가 길어지는 느낌마저 들어요. 얼른 연락이 오면 좋을 텐데 출판사에서는 길면 한 달 이상 검토한다고 하니 답답합니다. 기다림이 길어지면 마음이 조급해지고 평정심을 잃게 돼요.

원고를 투고한 후 하지 말아야 할 세 가지 행동을 소개하면서 예비 저자에게 한 줄기 위로를 건넵니다.

✍ 출판사 이메일을 스토킹하지 마세요.

이메일로 투고했다면, 담당자가 메일을 읽었는지 아닌지 확인할 수 있어요. 네이버, 다음 메일은 수신확인 기능을 제공합니다. 투고를 한 시점부터 저자는 발을 동동 굴려요. 출판사에서 얼른 내 원고를 검토하고 출간이 되건 안 되건 답장을 보내주기를 바랍니다.

그래서 수신확인 버튼을 자꾸 클릭해요. 안 그래도 초조한데 출판사에서 메일을 읽지 않은 걸 보면 더 애가 타요. 수신확인 버튼을 재차 클릭한다고 해서 읽지 않은 메일이 읽은 메일로 바뀌지 않아요. 내가 통제할 수 없는 부분은 대범하게 머릿속에서 지워버리세요. 정 궁금하면 하루에 한두 번 정도만 확인하시기 바랍니다.

✍ 형식적인 답변에 설레지 마세요.

저자가 투고인사말을 '복사 붙여 넣기'해서 투고하는 것처럼 출판사에서도 답장을 '복사 붙여 넣기'해서 보냅니다.

이를테면 "저희 출판사에 귀한 원고를 투고해 주셔서 감사합니다. 검토에는 2주에서 한 달이 소요됩니다. 면밀히 검토한 후 연락을 드리겠습니다."와 같은 답장이에요. 말 그대로 투고 메일을 잘 받았으니 검토해 보겠다는 뜻입니다.

어떤 사람은 출판사에서 답장이 온 것만으로 러브콜을 받았다고 착각합니다. 출간의 가능성이 높으니 답장을 보낸 것이 아닐까 하고요. 안타깝지만 아니에요. 형식적인 답장이니 의미를 부여하지 마시기 바랍니다. 기대가 크면 실망도 큽니다.

✍ 연락이 없다고 자책하지 마세요.

원고를 투고하고 2주, 한 달이 지나도록 출간하자는 연락을 받지 못할 수도 있습니다. '내 글이 그렇게 별로인가?', '이러다 출간 못하는 거 아니야?' 하고 기죽지 마세요. 출판사는 많아요.

한국콘텐츠진흥원의 〈2019 콘텐츠산업 통계〉에 따르면 일반 단행본 종이책 출판 사업체수는 무려 1,972개나 돼요. 독립출판사, 전자책 사업체까지 포함하면 더 많겠죠. 내 원고에 관심을 가질 출판사가 한 곳은 있을 거라고 생각하세요. 끈질기게 투고하시기 바랍니다.

위에서 소개한 원고 투고 후 하지 말아야 할 세 가지 행동은 모두 제가 한 짓이에요. 지금까지 다섯 권의 책을 출간했음에도 투고만 하면 늘 똑같은 마음이 됐어요. 혼자 조급해하며 5분에 한 번씩 수신 확인 버튼을 클릭했어요. 출판사에서 형식적인 답장을 보내줘도 흐뭇해했고요. 투고 메일을 읽고도 답장하지 않는 출판사에는 '앞으로 ○○출판사 책은 안 사!'라며 소심하게 씩씩거렸습니다.

이번 글은 예비 저자를 위한 것이기도 하지만 미래에 또 원고를 투고할 저를 위한 다짐이기도 합니다. 조앤 롤링의 해리포터도 12개 출판사의 거절을 받았습니다. 3대 문학상인 부커상의 수상자 더글러스 스튜어트의 소설도 32번이나 퇴짜를 맞았습니다. 세계적인 작품들도 한 번에 성공하지 않았어요.

글쓰기도 마찬가지지만 원고 투고는 진짜 나와의 싸움입니다. 내 자존감은 스스로 챙겨야 해요. 흔들리지 마세요. 포기하지 마세요. 주저앉지 마세요.

계속 문을 두드리세요. 마음을 추슬러 원고를 던지고 또 던지시기 바랍니다. 원고의 가치를 알아볼 출판사가 나타날 테니까요.

책 쓰기로
인생 2막을
활짝 열자

1) 생각을 바꾸면 책을 쓸 수 있다.
2) 초고를 쓰기 위해 필요한 건 마음뿐
3) 첫 문장을 써야 책을 쓸 수 있다.
4) 책을 안 쓴 사람은 있어도 한 권만 쓴 사람은 없다.
5) 맛집은 메뉴가 적다.
6) 5분 글쓰기 (feat. 글쓰기가 어려운 당신에게)
7) 실천은 기회를 만들고 기회는 새로운 기회를 낳는다.
8) 영향을 받는 입장에서 영향을 주는 입장으로

1

생각을 바꾸면 책을 쓸 수 있다.

올해 겨울 이야기입니다.

길거리에 겨울 간식이 보였습니다. 군밤, 군고구마, 호떡, 어묵 모두 좋아하지만 그중에서도 붕어빵을 자주 즐깁니다. 집 근처 조그마한 떡 가게에서 붕어빵을 함께 팔았습니다. 입김이 나오는 날씨가 되면 붕어빵 틀에서도 김이 올라옵니다. 아이부터 어른까지 삼삼오오 붕어빵 가게 앞에 모입니다.

이 가게는 특이하게도 팥 맛, 슈크림 맛 두 가지 붕어빵을 팝니다. 아내와 저는 팥 맛을 좋아하고 딸은 슈크림 맛을 좋아해요. 팥 맛 반, 슈크림 맛 반을 종이봉투에 담고 퇴근합니다. 따뜻한 온기가 느껴지는 종이봉투를 들고 있으니 마음까지 훈훈해집니다.

이윽고 집에 도착하면 저와 붕어빵처럼 닮은 여섯 살 딸이 우렁찬 고함을 지르며 제게 달려옵니다. 딸은 재빨리 봉투를 뺏고 슈크림 맛 붕어빵을 골라 한입 뭅니다. 저도 팥 맛 붕어빵을 잡고 꼬리를 한입 물었습니다.

가게에서 붕어빵이 만들어지기를 기다리다 예전에 읽은 책이 생각났습니다. 고승덕 전 변호사가 쓴 《고승덕의 ABCD성공법》입니다. 저자는 대학 시절 사법, 행정, 외무 3대 고시에 합격한 원조 공부의 신입니다. 그의 정치 여정은 순탄치 않았지만 책의 내용은 참고할만한 가치가 충분합니다. 고승덕 전 변호사는 생각의 틀을 붕어빵 틀에 비유합니다.

✎ **생각의 틀을 바꿔야 생각이 바뀐다.**

붕어빵 틀에서는 붕어빵만 나옵니다. 붕어빵 틀에서 국화빵을 만드는 건 불가능하죠. 아무리 제조 방법을 바꾼 들 틀을 바꾸지 않으면 국화빵을 만들 수 없습니다. 국화빵을 만들기 위해서는 붕어 모양의 틀을 국화 모양으로 바꿔야 합니다.

생각과 마음가짐도 이와 같습니다. 우리는 교육, 경험, 자라온 환경, 가족, 주변 사람에 의해 서서히 생각의 틀을 만듭니다. 이런 생각이 뿌리 깊이 내려앉으면 고정관념이 됩니다. 좋은 말로 하면 주관이 뚜렷해지고, 나쁜 말로 하면 고집이 생깁니다. 생각을 바꾸려면 생각의 틀을 바꿔야 합니다. 생각의 틀을 바꿔야 사물을 바라보는 관점이 바뀝니다.

책 쓰기도 마찬가지입니다.

내가 과연 책을 쓸 수 있을까? 250페이지 분량을 채울 수 있을까? 보잘것없지 않을까? 누가 내 책을 읽어줄까?

부정적인 생각을 긍정적으로 바꿔야 합니다. '난 어차피 안 될 거야.'라고 생각하는 순간 책 쓰기는 요원한 일이 됩니다. 부정적인 생각은 책을 쓸 수 없

책 쓰기로 인생 2막을 활짝 열자

는 이유를 확대 재생산합니다.

일에 치여서, 육아에 전념해야 해서, 글을 못 써서, 소재가 없어서 등 부정적인 생각이 책 쓰기를 방해합니다. 책을 쓸 수 있다고 생각하고 쓸 수밖에 없는 이유를 찾으면 책을 쓸 수 있습니다. 생각을 바꾸는 데는 비용과 시간이 들지 않습니다. 밑져야 본전입니다. 책을 쓸 수 있는 이유를 찾아보세요.

✐ 작가도 옆집에 사는 이웃이다.

저도 책을 쓰기 전까지만 해도 작가는 범접하지 못할 존재라고 생각했습니다. 서점에서 저자 소개 글을 읽으며 나와는 전혀 다른 부류의 사람이라고 생각했죠. 작가는 특별한 인간처럼 느껴졌고, 그들의 글을 읽을 수 있는 것에 만족했습니다. 하지만 책을 쓰고 작가라는 부캐를 얻으니 작가가 특별하게 느껴지지 않습니다. 그저 남보다 글을 자주 읽고, 자주 쓰는 사람일 뿐입니다. 독서를 좋아하고 글쓰기를 좋아하는 사람이라면 누구나 작가가 될 수 있습니다.

작가들의 책을 읽으면서 재능보다는 할 수 있다는 마음가짐이 책 쓰기의 모든 것이라는 결론을 내렸습니다. 책 쓰기 책은 서점과 도서관에 널려 있습니다. 마음만 먹으면 얼마든지 고수의 글쓰기 방법을 배우며 책을 쓸 수 있습니다.

사람은 자기가 경험하지 않은 것에는 두려움을 느낍니다. 내가 경험한 순간부터 두려움은 익숙함으로 변합니다. 마음만 먹으면 할 수 있는, 손을 뻗으면 잡을 수 있는 무언가가 됩니다. 책 쓰기는 '책을 쓸 수 있을까?'라는 생각의 틀을 '책을 쓸 수 있다.'고 바꾸는 것으로부터 시작됩니다. 어차피 안 될 거라는 생각의 틀을 망치로 깨부수세요. 나는 독자가 아니라 작가라는 생각의 전환은 책 쓰기의 첫걸음입니다.

다른 건 아무것도 필요하지 않습니다. 내 생각, 결심, 의지, 집념이 전부입니다. 내 책을 서점 매대 위에서 발견하는 것을 생각하며 글을 쓰세요.

꿈은 이루어집니다. 반드시 이루어집니다.

2

초고를 쓰기 위해 필요한 건 마음뿐

만화 슬램덩크를 좋아합니다. 학창 시절에 틈만 나면 슬램덩크를 읽었습니다. 잊을 만하면 보고, 잊을 만하면 또 봤습니다. 지금까지 족히 열 번은 넘게 완독했어요. 제게 슬램덩크는 읽을 때마다 새롭게 느껴지는 《어린 왕자》와 같은 문학 작품입니다.

슬램덩크의 주인공 강백호는 농구의 '농'자도 모르는 풋내기지만 탁월한 운동신경, 체력, 투지를 겸비했습니다. 농구부 주장 채치수는 그런 강백호에게 리바운드를 가르칩니다.

리바운드란 골대를 맞고 튕겨 나온 공을 잡아내는 것을 뜻하는 농구 용어입니다. 멋지게 득점해서 여자 주인공 소연이에게 잘 보이고 싶은 강백호는 리바운드를 하찮게 생각합니다. 채치수는 강백호에게 말합니다.

"리바운드를 제압하는 자가 시합을 제압한다."

2019-2020년 우리나라 프로농구 필드골 성공률은 51.4%입니다. 48.6%의 슛은 골대를 맞고 허공에 뜹니다. 우리 편이 공을 낚아채면 공격 기회가 한 번 더 생깁니다. 반대로 상대편이 공을 잡으면 공격 기회가 넘어갑니다. 리바운드는 우리 편의 공격 기회를 늘리면서 상대편의 공격 기회를 뺏는 일입니다. 공격 기회가 늘어나니 경기에서 이길 확률이 높아지는 것은 당연지사. 채치수의 말은 옳습니다.

✍ 책 쓰기 = 초고 쓰기

책 쓰기에서 농구의 리바운드는 초고 쓰기입니다. 초고를 써야 책 쓰기라는 시합에서 이길 수 있는 발판이 마련되죠. 아무리 훌륭한 기획을 해도 원고를 쓰지 않으면 책을 만들 수 없습니다. 초고가 없으면 퇴고를 할 수 없고, 원고를 투고할 수 없습니다.

초고는 엉덩이로 써야 한다고 작가들이 입을 모아 말합니다. 진부한 이야기이지만 사실입니다. 엉덩이는 마음의 힘을 상징합니다. 엉덩이로 쓰라는 것은 마음을 부여잡고 끈질기게 글을 쓰라는 것을 뜻합니다. '무거운 엉덩이 같은 마음'에는 여러 덕목이 담겨있습니다.

컨디션이 나쁠 때도 꿋꿋이 모니터를 주시하며 글을 쓰는 꾸준함. 다른 일을 제쳐두고 글 쓰는 시간을 최대한 확보하려는 집념. 책을 쓰겠다는 초심을 잃지 않고 스스로 되새김질하는 끈기. 한 권 분량의 원고를 완성할 수 있다는 자신감. 이런 마음의 힘이 모여 한 편의 원고를 향합니다.

책을 출간한 뒤 지인들에게 어떻게 하면 책을 쓸 수 있냐는 질문을 종종 받습니다. 초롱초롱한 그들의 눈빛을 보며 뭔가 그럴듯한 대답을 해주고 싶었지만 그러지 못했습니다. 대답은 항상 비슷했습니다.

"마음만 먹으면 누구나 책을 쓸 수 있어요. 좋아하는 주제로 열심히 글을 써서 책 한 권 분량의 원고를 쓰면 돼요."

최대한 친절한 뉘앙스로 답변했지만, 문장으로 써놓고 보니 아주 불친절한 대답처럼 보입니다. EBS 그림 프로그램의 화가 밥 로스가 순식간에 그림을 그리고는 "어때요, 참 쉽죠?"라고 하는 것 같이.

✐ 글이 글을 부른다.

책 쓰기에 왕도는 없습니다. 엉성한 글이든 모난 글이든 신경 쓰지 않고 꾸역꾸역 쓰는 게 최선이자 최고의 방법입니다.

글을 쓰지 않을 때는 나중에 어떤 글을 쓸지 생각해야 합니다. 샤워할 때, 걸을 때, 설거지할 때, 자려고 누웠을 때 등 오롯이 혼자가 될 때 글 생각을 하세요. 생각을 메모하고 컴퓨터 앞에 엉덩이를 깔고 앉았을 때 메모를 글로 옮겨야 합니다.

글을 쓰다 보면 무엇이 부족한지 알게 됩니다. 미흡한 점을 그때그때 보완하면서 책 쓰기를 이어나가세요. 특히 첫 원고라면 책을 쓸 준비를 하고 글을 쓰는 게 아니라, 먼저 글을 쓰면서 책을 쓸 준비를 하는 게 좋습니다. 흩어진 생각을 글로 정리하면서 사고가 확장되고 글이 또 다른 글을 부르는 걸 체험하게 됩니다.

초고를 쓸 때는 한없이 고독합니다. 누가 도와주거나 격려해 주지 않습니다. 내가 스스로 당근과 채찍을 번갈아가며 줘야 합니다. 책을 쓰려는 마음이 도망가지 않도록 꼭 감싸 안고 한 문장씩 차곡차곡 쌓아야 합니다. 마음이 굳건하지 않으면 목표를 달성할 수 없습니다.

강백호는 농구 초보이지만 온 힘을 다해 리바운드를 배웁니다. 레이업 슛, 점프 슛을 배울 때도 마찬가지입니다. 지켜보는 사람이 질릴 만큼 같은 행동을 반복하고 신발 밑창이 뜯어지는 것도 모른 채 연습에 매진합니다. 만화의 끝 무렵, 강백호는 지난해 전국대회 우승팀을 상대로 리바운드를 계속 따내서 역전의 발판을 마련합니다. 그리고 끝내 승리합니다.

강백호의 꾸준함, 집념, 끈기, 자신감은 어떻게 원하는 것을 이뤄야 하는지 보여주는 본보기입니다. 비록 만화 속 이야기이지만 초고를 쓸 때 참고할 만합니다.

'책 한 권 써볼까?' 하는 마음의 크기가 얼마나 되는지는 자신만이 압니다. 책을 쓰려는 마음이 커진 순간을 놓치지 않고 붙잡으세요. 의욕이 솟아오른다면 때를 놓치지 않고 초고 집필에 올인하세요. 마음을 펜촉처럼 뾰족하게 만들어 단기간에 써야 합니다. 마음이 늘어져 펜 끝이 뭉툭해지기 전에.

강백호가 공을 향해 손을 뻗고 몸을 날렸듯이, 초고를 향해 스스로 온몸을 글 속으로 던지기 바랍니다. 마음을 제압하는 자가 책 쓰기를 제압합니다. 강렬한 마음은 책 쓰기의 전부입니다.

3

첫 문장을 써야 책을 쓸 수 있다.

가끔 아내와 딸이 먼저 안방에 들어가서 잠이 들고, 저는 나중에 자리 갈 때가 있습니다. 방문을 살짝 열고 들어가면 아내와 딸의 몸에서 샴푸 냄새가 납니다. 제 몸에서는 퀴퀴한 냄새가 나는데 안방에서는 포근한 엄마와 딸의 향이 납니다. 깜깜한 방 안에서 조심스레 누울 자리를 찾고 베개를 벱니다. 한 30초쯤 지났을까? 코가 모녀 냄새에 적응합니다. 이제 킁킁거려도 냄새가 나지 않습니다. 처음부터 아무 냄새도 없었던 것 마냥.

인간의 적응력은 실로 놀랍습니다. 처음에는 짜다고 느꼈던 국물 맛도 몇 숟갈 먹으면 밍밍해집니다. 국밥을 먹는 도중에 새우젓을 재차 넣습니다. 저녁

준비를 할 때 간을 자꾸 보다가 요리의 맛이 틀어지는 경우도 있고요.

✎ 처음. 시작.

처음과 시작은 설렘과 부담을 동반합니다. 일단 시작하면 곧 익숙해지는데, 시작이 힘듭니다. 책 쓰기도 마찬가지입니다. 시작이 가장 어렵습니다. 첫 꼭지를 쓰는 게 나머지 꼭지를 쓰는 것보다 훨씬 오래 걸립니다. 첫 꼭지를 쓰면 다음 꼭지는 한결 쉬워지고 그다음 꼭지는 더 수월해집니다. 책을 쓰다 보면 책 쓰기가 점점 친숙해집니다. '시작이 반'이라고 하는데, 어떨 때는 시작이 8할 이상, 조금 과장해서 전부가 아닌가 싶습니다. 시작이 있어야 끝이 있으니까요.

13년 전 프로게이머를 그만둔 뒤, 언젠가 책을 써야겠다고 생각했습니다. 내 경험을 담은 책을 출간하고 싶었습니다. 서점에서 저서를 만지고 싶었습니다.

책을 써볼까? 어떻게 해야 할까? 누가 읽어줄까?

정말 할 수 있을까? 에이 나중에 다시 생각하자.

책을 쓰고 싶은 마음을 부여잡지 못했습니다, 간혹 욕망이 솟구쳐도 그냥 흘려버리며 하루 이틀이 흘렀고 8년이 지났습니다. 그러던 어느 날 불현듯 새벽 5시에 일어나자마자 컴퓨터 앞에 앉고 아무 글이나 썼습니다. 이렇게 쓰기 시작한 책은 몇 달 뒤 저자 증정본이 되어 눈앞에 나타났습니다.

책을 쓰려면 먼저 두려움을 이겨내야 합니다. 근심을 떨치고 용기를 내야 합니다.

'내가 과연 할 수 있을까'라는 걱정은 그만 하고 곧바로 시작해야 합니다. 시도해보지도 않고 내가 이룰 수 있는지 없는지는 알 수 없습니다. 어떤 일이든 처음에는 어렵습니다. 여러 번 시도하고 반복해야 몸이 적응합니다. 반복이 습관이 되면 같은 행동을 하는 데 드는 에너지가 줄어듭니다. 일이 익숙해지고 마치 처음부터 그랬다는 듯 당연한 일상이 됩니다. 마침내 목표를 달성하게 됩니다.

✒️ 책 쓰기는 버티기 싸움입니다.

사우나에 입장하자마자 열탕에 들어가기는 어렵지만 온탕에 잠시 머물다가 열탕에 들어가는 건 쉽습니다. 몸이 물의 온도에 적응했기 때문입니다.

처음부터 글을 잘 쓸 수는 없습니다. 인내를 갖고 글을 써야 몸이 책 쓰기에 적응합니다. 글을 쓰다 보면 어떻게 글을 전개할지, 어떻게 분량을 채워야 할지 익히게 됩니다. 유명 작가들도 처음에는 떨리는 마음으로 첫 문장을 썼습니다. 처음부터 명문을 쓰는 사람은 없습니다. 하지만 첫 문장은 무엇보다 중요합니다.

머리로는 알고 있습니다. 그럼에도 책 쓰기를 머뭇거리는 이유는 실패에 대한 두려움 때문입니다. '책을 쓰느라 투자한 시간과 노력이 물거품이 되는 건 아닐까' 하는 마음이 책 쓰기를 망설이게 합니다.

다르게 생각해보세요. 설령 글을 다 쓰지 못하면 어떤가요? 내 원고를 출판사에서 알아주지 않으면 어떤가요? 책 쓰기라는 목표를 세우고 글을 써나간 경험은 오롯이 내 자산이 됩니다. 생각을 정리하고,

명확한 글로 표현하는 건 사고의 깊이를 더하는 최고의 공부입니다. 책을 읽을 때도 독자가 아닌 작가의 관점에서 바라보게 됩니다. 저자가 왜 이런 표현을 썼는지 살핍니다. 독서의 질이 올라가고 양도 늡니다. 치열하게 책을 읽고, 이를 내 글로 바꾸며 생생한 지식으로 만들게 됩니다.

책을 쓰는 데는 비용도 들지 않습니다. 돈을 들이지 않고 이만한 자기 계발을 할 수 있는 방법이 또 있을까요. 출간 여부를 떠나서 나는 반드시 발전합니다.

혹시 지금 책 쓰기를 망설이고 있다면 괜찮다고, 당연한 것이라고 말해주고 싶습니다. 누구나 멈칫했고, 고민했고, 두려워했으니까요. '내가 과연 할 수 있을까?'라는 생각을 넘어 한 발자국 더 나아가느냐 아니냐가 차이를 만듭니다.

걱정하지 마세요. 두려워하지 마세요. 실패해도 괜찮습니다. 당신은 할 수 있습니다.

시작하는 순간 꿈은 이루어집니다.

—
4

책을 안 쓴 사람은 있어도
한 권만 쓴 사람은 없다.

독서를 좋아하는 직장인이라면 누구나 한 번쯤은 '책 쓰기에 도전해볼까'라고 생각합니다. 내 이름으로 된 책 한 권을 쓰는 게 인생 목표라는 사람도 있고요. 딱 한 번만 내 책을 발간하겠다는 꿈을 꾸는 사람이 많습니다.

✐ 시작이 반이다.

비행기는 이륙할 때 연료의 절반을 사용합니다. 중립 기어에 있는 자동차를 앞으로 밀 때도 움직이기 직전까지가 가장 힘이 많이 듭니다. 어떤 일이든지 시작이 힘듭니다. 반대로 말하면 시작이라는 찰나의 순간만 넘기면 파도에 몸을 맡긴 것처럼 흐름을 탈 수 있습니다.

비행기가 연료를 거의 소모하지 않고 하늘을 나는 것처럼, 자동차를 작은 힘으로도 밀 수 있는 것처럼요. 일단 시작하면 지속하는 건 어렵지 않습니다. 책 쓰기도 마찬가지입니다.

✒️ 책을 한 권만 쓴 사람은 없다.

한 권의 책을 출간한 사람은 두 번째 책을 씁니다. 그리고 세 번째, 네 번째, 열 번째까지 내 생각과 지식이 담긴 책을 세상에 알리기 위해 분주히 움직입니다. 주변에 책을 쓴 사람이 있다면 물어보세요. 혹시 다음 책을 준비하고 있느냐고. 십중팔구 "사실 이런 책을 써보려고 해"라는 답변을 들을 겁니다.

포털 사이트에서 책 쓰기를 검색하면 몇 년 동안 수십 권의 책을 냈다는 책 쓰기 코치, 멘토, 강사의 광고를 볼 수 있습니다. 처음에는 거짓말이라 생각했습니다. 사람이 어떻게 수십 권의 책을 낼 정도로 다방면에 지식을 갖고 있을 수 있겠어요? 한 권의 책도 제대로 쓰기 힘든데 그런 책을 몇 십 권이나 썼다는 게 믿어지지 않았습니다. 광고 속 이야기가 얼마나 과장된 건지는 모르겠지만, 지금은 불가능한 일은 아니라는 생각이 들어요. 왜냐하면 '책 한 권 쓸 수 있을까?'라고 생각했던 저도 여러 권의 책을 출간했고 지금도 책을 쓰고 있기 때문이에요.

책 쓰기에는 알 수 없는 마력이 있어서, 한 번 경험하면 좀처럼 손에서 놓을 수가 없습니다. 책을 출간하자마자 새로운 책을 쓰고 싶다는 욕심이 생깁니다. 저도 첫 번째 책을 쓰자마자 두 번째 책의 원고를 기획했습니다.

처음에는 '한 권이라도 제대로 쓸 수 있을까' 생각했지만 원고를 완성한 순간 그런 생각은 온 데 간 데 없어졌습니다. 또 글을 쓰고 책을 만들고 싶었습니다. 책 쓰기에 대한 열망이 계속 마음속을 맴돕니다.

✐ 책 한 권이 만들어 내는 기적

마음과 엉덩이에 힘을 꽉 주고 한 권만 써보세요. 내가 가장 좋아하는 대상, 잘할 수 있는 특기를 살려서 책을 쓰세요. 한 권을 쓰고 나면 여름철 나무줄기에 잎이 무성하게 자라듯 여러 글감이 머릿속에 떠오를 거예요. 글을 쓰면서 다음 책의 콘셉트가 떠오르기도 하고 투고 과정에서 출판사로부터 새로운 기획 제안을 받을 수도 있어요. 독자의 서평과 감상을 통해서도 번뜩이는 아이디어를 얻을 수도 있고요. 모두 책을 '한 권' 썼기 때문에 벌어지는 일입니다. 책 쓰기는 다시 책 쓰기를 부릅니다. 책을 출간하세요. 또 어떤 책을 쓸지 행복한 고민으로 가득 찬 일상이 시작될 거예요.

어니스트 헤밍웨이는 이렇게 말했습니다. "무슨 일이 있어도 개의치 말고 매일 써라." 시인이자 작가 테드 쿠저는 이렇게 꼬집었죠. "미루겠다는 것은 쓰지 않겠다는 것이다."

일단 쓰십시오. 하루에 A4용지 한 장을 채운다고

가정하면 100일 뒤에 한 권의 책을 쓸 수 있습니다. 브런치, 블로그, 일기장, 노트, SNS 등 편한 곳에 썼다가 지웠다 반복하세요.

내 이름이 적힌 한 권의 책을 쓰는 것이 꿈인가요?

꿈이 이루어지는 순간 두 번째 꿈을 쓰고 있는 당신을 만나게 될 것입니다.

책 쓰기로 인생 2막을 활짝 열자

5

맛집은 메뉴가 적다.

여섯 살 제 딸은 몸에 열이 많습니다. 지금은 그럭저럭 괜찮지만 두세 살 때는 자고 일어나면 베개가 땀으로 흥건히 젖어 있었습니다.

딸 옆에서 잘 때는 종종 잠을 설칩니다. 아직 아빠가 좋은지 옆에 찰싹 달라붙고 머리를 들이밉니다. 딸은 윗옷을 올린 채 동그란 배를 드러내고 잡니다. 무의식적으로 이불을 덮어주려는 저와 이불을 걷어차는 딸의 비몽사몽 기 싸움이 벌어집니다. 몇 번 이불을 덮어주려다가 포기하고 저만 혼자 이불을 덮습니다. 다행히 딸은 감기에 걸리거나 잠을 설치지는 않습니다.

딸은 잠을 잘 때 덥다며 이불을 밀어내고 저는 추워서 이불을 코끝까지 덮습니다. 저는 매콤한 음식을 좋아하고 딸은 달콤한 음식을 좋아합니다. (아직 어려서 그런 듯하지만)

사람마다 얼굴과 목소리가 다르듯 성향과 취향이 제각각입니다. 100명이 있으면 100명 전부 취향이 다릅니다. 어떤 대상에 대해 좋아하고 싫어하는 정도가 천차만별입니다. 서로 닮는다는 부부는 물론, 부모의 유전자를 고스란히 이어받은 자녀, 심지어 일란성쌍둥이도 다릅니다.

글을 쓰는 사람의 수만큼 문장의 성격, 향기가 다릅니다. 똑같은 공간에서 동일한 현상을 바라봐도 사람마다 다른 글을 씁니다. 들여다보고 싶은 것, 표현하고 싶은 것이 다릅니다.

책 쓰기로 인생 2막을 활짝 열자

✑ 모든 사람이 좋아하는 글은 없다.

모든 사람을 만족시키는 글은 없습니다. 만약 만인이 좋아하는 글을 썼다는 느낌이 들면 착각일 가능성이 큽니다. 읽는 이의 직업, 지식, 경험, 환경, 가치관에 따라 받아들이는 건 천지차이입니다. 100의 반응을 기대해도 10만 호응하는 경우가 부지기수죠. 우리가 할 수 있는 일은 한 사람이라도 더 좋아할 수 있는 글을 쓰기 위해 노력하는 것뿐입니다.

글을 쓰면서 모두에게 인정받겠다는 욕심을 버려야 합니다. 독자 전부를 만족시키겠다는 강박은 글쓰기를 주저하게 만들거든요. 모든 사람을 만족시키는 글은 쓸 수 없습니다. 대신 누군가를 만족시키는 글은 쓸 수 있습니다. 내 이야기에 공감하는 사람은 틀림없이 있습니다.

일명 맛집으로 유명한 식당은 메뉴가 단출합니다. 메뉴가 몇 개 없는데도 손님의 발길이 끊이지 않습니다. 수많은 메뉴를 판매하는 일반 식당은 요리는 다양하지만 오히려 인기가 없습니다.

소수라도 공감을 불러일으키는 글을 쓰고 싶습니다. 제 책을 읽다가 중도에 읽지 않는 사람도, 고개를 갸웃거리는 사람도 있을 겁니다. 그래도 괜찮습니다. 단 한 명이라도 제 글을 읽고 마음이 동한다면 계속 글을 쓸 용기를 낼 겁니다.

이 글이 남에게 어떻게 보일까, 이렇게 보잘것없는 글을 남겨도 될까, 누군가는 내 글을 싫어하지 않을까, 횡설수설하는 것 같은데 괜찮을까 하는 고민을 하고 있다면 염려하지 말고 글을 쓰세요. 다른 작가들이 그렇게 하는 것처럼 말입니다. 여물지 않은 생각은 글을 쓰면서 다듬고 확장하면 됩니다. 키보드에 손을 올리는 순간만큼은 온전히 내가 성장하는 시간입니다. 게다가 누군가는 당신의 스토리에 위로를 받고 용기를 얻을 것입니다.

- 100명이 들러서 50명은 좋아하고 50명은 싫어하는 식당
- 같은 시간 10명이 찾아오지만 모두가 만족하는 식당

당신은 어떤 식당을 운영하고 싶나요? 저는 후자

입니다. 제 요리를 맛보러 오는 사람이 적더라도 맛있게 먹어주면 좋겠습니다. 제 글이 이런 식당의 메인 메뉴였으면 좋겠습니다. 세상의 모든 글쓴이가 비슷한 마음일 겁니다. 음식이 맛없는 건 아닐까 지레짐작하지 말고 재료부터 준비하세요. 누군가는 당신이 정성스레 만든 요리를 맛볼 테니까요.

6

5분 글쓰기
(feat. 글쓰기가 어려운 당신에게)

직장인으로서 저는 발표하는 게 참 힘들어요. 중요한 발표를 앞두고는 마음이 진정되지 않습니다. 며칠 동안 신경성 소화불량에 시달려요. '상사는 보고를 받고 어떤 생각을 할까. 오늘은 상사의 기분이 맑음이면 좋겠다.' 제가 통제할 수 없는 것까지 걱정해요.

떨리는 마음으로 하루하루를 보내다가 발표 날이 되면 심장이 쿵쾅거리기 시작합니다. 발표 직전에는 손바닥과 발바닥의 땀샘이 열려요. 떨고 있는 걸 들키기 싫은데, 부들부들 떨리는 레이저 포인터가 긴장한 제 마음을 대변합니다. 드디어 발표를 해요. 횡설수설하면서 어색한 웃음을 지어요. "하하하…" 머릿속은 백지장이 되죠. 도망가고 싶어요.

하지만 이 순간은 잠깐입니다. 5분이 지나면 언제 그랬냐는 듯 이 상황에 익숙해져요. 어느덧 페이스를 되찾고 평소처럼 말하게 돼요. 발표를 준비하고, 발표하는 순간까지가 가장 힘들어요. 발표를 시작하면 결과가 어떻든 끝을 보게 돼요. 발표를 진행하면서 마음이 놓이고 불편했던 속이 편해져요. 발표를 준비하면서 쌓인 체증을 발표하면서 풉니다.

✎ 5분만 투자하세요.

어떤 일이건 첫 순간이 제일 어려워요. 첫 단추를 끼우면 다음부터는 일사천리예요. 처음 5분은 힘들지만 5분만 지나면 언제 이런 고민을 했냐는 듯이 적응하죠. 글쓰기에서 가장 중요한 것은 일단(초안) 쓰기예요. 형식, 분량, 내용, 문법을 신경 쓰지 않고 일단 써야 한 편의 글을 완성할 수 있어요.

일단 쓰려면 어떻게 해야 할까요. 맞습니다. 지금,

이 순간 아무 말이나 써야 합니다. 처음 5분이 골든 타임이에요. 딱 5분만 몰입해보세요. 5분만 집중하면 죽이든 밥이든 글을 쓸 수 있습니다. 내 몸을 글 쓰는 곳으로 집어넣으세요.

요즘 날마다 글쓰기를 생각합니다. 좋은 글감이 떠오르면 휴대전화에 메모하고, 글의 핵심 문장을 미리 써놓기도 해요. 자주 글을 생각하고 글을 쓰지만 글쓰기는 매번 만만치 않아요. 내 생각을 말하듯이 쓰면 되는데 그게 잘 안돼요. 글을 쓰고 싶은데 쓰기 싫은 이상한 마음이 들 때도 있어요. 그래서 5분 동안 집중할 수 있는 곳을 찾아요. 5분만 글을 쓰면 50분 동안 쓸 수 있는 걸 알거든요. 저는 하나의 패턴을 만들었어요. 글을 꼭 쓰고 싶은 날에는 집 앞 카페를 들러요. 항상 같은 자리에 앉아서 글을 씁니다. 지금도 그곳에서 글을 쓰고 있어요. 5분 동안 글을 쓰면 아이디어가 떠올라요. 글이 글을 부르며 한 시간 동안 글을 써요.

자신만의 글쓰기 패턴을 만들어보세요. '이곳에서 만큼은 반드시 글을 쓰겠다.'라는 장소를 정해보세요. 5분만 집중할 수 있는 곳으로요.

부담을 내려놓고 쓰세요. 전업 작가, 기자, 평론가처럼 글 쓰는 게 직업이면 모르겠지만 평범한 직장인에게 글을 쓰는 건 굉장히 어려운 일이에요. 글쓰기에는 고도의 집중력이 필요해요. 눈, 손, 뇌가 모두 텅 빈 백지를 노려봐야 하죠. 앞뒤 맥락을 고려해서 글을 구조를 짜는 것도 보통 일이 아니고요. 쓰는 것도, 생각하는 것도 어려워요.

맞습니다. 글쓰기는 어려워요. 그냥 어려운 게 아니에요. 무진장 어려워요. 그렇기에 부담을 내려놔도 괜찮습니다. 아무도 우리에게 글을 쓰라고 강요하지 않아요. 꼭 잘 쓸 필요도 없고요. 어려운 일을 무릅쓰고 행동하는 당신은 이미 대단한 사람입니다.

✎ 한 문장만 쓰세요.

하고 싶은 말을 한 문장만 써보세요. 한 문장도 글쓰기예요. 한 문장이 모여 열 문장이 되고 한 권의 책이 돼요. 어깨에 힘을 빼고, 밑져야 본전이라는 생각으로 손가락을 움직여보세요. 저도 글쓰기가 마냥 편하지는 않습니다. 어떤 날은 손가락이 머리를 쫓아가지 못할 정도로 신나게 쓰지만, 어떤 날은 돌이 된 것처럼 아무것도 쓰지 못해요.

그럴 때는 생각해요. '5분 동안 한 문장만 써보자. 5분이 지나도 써지지 않으면 오늘은 포기하자.' 이렇게 생각하면 희한하게 글이 써져요. 첫 문장의 마침표를 찍으면 그날 글쓰기는 어떻게든 마무리돼요.

글쓰기는 시작이 제일 어렵습니다. 의자에 정자세로 앉는 게 가장 어렵고, 한글을 실행하는 게 그다음으로 어려워요. 여기까지만 하면 90%는 성공이에요. 이제 남은 건 하나예요. 5분 동안 첫 문장을 써보세요. 남은 10%가 자연스럽게 채워져요. 시간이 지나, 어느덧 한 편의 글을 보며 웃는 나를 만나게 될 거예요.

7

실천은 기회를 만들고
기회는 새로운 기회를 낳는다.

평소에 글쓰기와 담을 쌓고 지내다가 갑자기 책을 쓸 수는 없습니다. 책 쓰기도 글쓰기의 일부입니다. 글쓰기의 큰 범주 안에서도 많은 시간과 노력을 요하는 게 책 쓰기입니다. 책을 쓰려면 책을 쓸 만큼의 글쓰기 훈련이 필요합니다. 처음부터 책 쓰기를 목표로 글을 쓸 수도 있겠지만 글을 쓰면서 글쓰기 근육을 키운 다음에 책을 쓰는 것도 좋은 방법입니다.

글쓰기는 쉬우면서도 어렵습니다. 우리는 날마다 스마트폰으로 글을 씁니다. 짧은 메시지부터 긴 메일까지 글을 쓰는 게 일상이 되었습니다. 같은 글이지만 친구에게 밥을 먹자고 쓰는 것보다 어떤 현상에 대한 내 관점을 쓰는 게 어렵습니다. 책 쓰기는 후자입니다. 독자에게 전하고자 하는 메시지를 한 방향으로 꾸준하게 전달하는 게 책 쓰기입니다.

책을 쓸 준비가 되어 있지 않은 상태에서 의욕만으로 책 쓰기에 도전하는 것은 무모한 일일 수도 있습니다. 운이 좋으면 책 쓰기에 성공할 수도 있겠지만 운이 나쁘면 다시는 책 쓰기의 책자도 보기 싫어질지도 모릅니다.

✒️ 인터넷이라는 거대한 종이에 글을 쓰세요.

인터넷 공간은 모두 글쓰기 훈련장소입니다. 인터넷은 글로 소통하는 공간입니다. 우리는 24시간 인터넷에 접속할 수 있는 미디어기기를 지근거리에 두고 생활하고 있습니다. 마음만 먹으면 언제 어디서든 인터넷에 접속해서 글을 쓸 수 있습니다. 종이와 펜은 스마트폰과 손가락으로 바뀌었습니다.

글쓰기를 권장하는 플랫폼도 많습니다. 네이버 블로그, 티스토리 블로그, 카카오 브런치 등 나만의 계정을 만들고 이웃과 소통하면서 글을 쓸 수 있는 공간이 많습니다. 인스타그램이나 페이스북에 사진과 함께 글을 올려도 됩니다. 어떤 플랫폼이든 하나 이상 가입해서 꾸준히 글을 쓰는 것을 권합니다.

인터넷 공간에서 일상 글쓰기를 추천하는 이유는 그 자체가 훌륭한 글쓰기 훈련이기 때문입니다. 여러 글을 쓰면서 내가 어떤 주제에 흥미를 가지고 있는지, 어떤 방식의 글을 잘 쓰는지 스스로 깨달을 수 있습니다. 좋아하는 것을 쓸 때는 금방 글이 써집니다. 싫어하는 주제, 피하고 싶은 주제의 글은 상당히 쓰기 어렵습니다. 그래서 회사에서 보고서를 작성하고 메일을 쓰는 게 어렵습니다. 좋아하는 일이 아니라 먹고 살기 위해 쓰는 것이니까요.

여러 가지 글을 꾸준히 쓰면서 내가 좋아하는 걸 진짜로 좋아하는지, 아니면 좋아하는 것으로 착각했는지 알게 됩니다. 진짜 좋아하는 일이라면 글을 쓰는 게 힘들지 않습니다. 글을 쓰는 형식만 가다듬으면 됩니다. 알맹이가 훌륭하면 껍데기만 살짝 손봐도 좋은 글이 됩니다. 내가 좋아하는 대상을 찾고 글

쓰기 훈련을 할 수 있기 때문에 인터넷 공간에 글을 쓰는 것을 권장합니다.

여러 글이 쌓이면 한 분야에 대해 책을 써도 되겠다는 느낌이 옵니다. 그때 책 쓰기에 도전하세요. 인터넷 공간에 쓴 글들을 긁어모아서 목차를 구성하세요. 미리 써둔 글이 있기 때문에 초고를 쓰는 게 한결 수월합니다.

책 쓰기를 염두에 두고 있다면 브런치에 글을 올리는 것도 좋습니다. 다른 플랫폼과 다르게 브런치는 글 자체에 집중하는 곳입니다. 가입 절차가 까다롭고 격식에 맞춰 글을 써야하는 번거로움이 있지만 책 쓰기를 위한 훈련에는 제격입니다. 운이 좋으면 출판사로부터 먼저 책을 쓰자는 권유를 받을 수도 있습니다.

책 쓰기도 글쓰기의 일부입니다. 책을 쓰기 위해서 글쓰기를 연습하세요. 꾸준히 글을 쓰고 글을 고치세요. 주제는 무엇이든 상관없습니다. 좋아하는 대상에 대해 써도 되고 내가 오늘 겪은 일을 써도 됩니다. 상사를 험담해도 되고 후배를 칭찬해도 됩니다. 무엇이든 자유롭게 쓰세요. 내가 쓰는 모든 글이 책을 쓰는 데 밑거름이 될 것입니다.

—
8

영향을 받는 입장에서
영향을 주는 입장으로

책 쓰기는 나를 위한 일이지만 동시에 우리를 위한 일이기도 합니다. 책을 쓰면서 가장 많이 변하는 것은 저자입니다. 부정적인 마음이 긍정적으로 바뀌고 내 안에 쌓여 있던 복잡한 생각과 이론들을 집대성하면서 스스로 발전하게 됩니다. 보이지 않았던 것이 보이게 되고 보려 하지 않은 것들도 적극적으로 보게 됩니다. 책 쓰기는 나를 위한 크나큰 선물입니다.

이와 동시에 내가 쓴 책은 전국방방곡곡으로 퍼져 나갑니다. 불특정다수가 돈과 시간을 투자해서 내 책을 읽습니다. 내 생각이 남에게 흘러들어가 영향을 미칩니다. 누군가는 내 책을 읽고 생각과 행동

책 쓰기로 인생 2막을 활짝 열자

을 바꿉니다. 개인의 생각이 바뀌면 사회의 생각이 바뀝니다. 책 쓰기는 나, 우리를 넘어 사회를 변하게 만드는 행동입니다.

책을 쓰고 가장 기쁜 순간은 언제일까요?

서점에서 내 책을 봤을 때? 인세를 받았을 때? 모두 다 기쁜 순간이지만 가장 기뻤던 순간은 제 책을 읽고 행동이 바뀌었다는 이야기를 들었을 때입니다. 고등학생으로부터 "책을 읽고 공부에 전념하게 되었다. 감사하다"라는 이야기를 들었을 때 책 쓰길 정말 잘했다고 생각했습니다. 자녀의 진로 상담을 하기 위해 연락했다는 부모, 중학교 실습과제로 저자를 만나고 싶다고 연락한 중학생도 기억에 남습니다. 제가 쓴 책에 영향을 받고 행동의 변화가 일어났습니다. 보잘것없는 제가 책 쓰기를 통해서 누군가에게 도움을 주고 누군가의 행동을 조금이라도 변하게 만들었다는 사실 하나만으로 책 쓰기는 무한한 가치를 지니는 일입니다.

생각해보면 저도 대학생 시절, 책을 읽고 행동이

바뀌었습니다. 이지성 작가의 《꿈꾸는 다락방》, 《리딩으로 리드하라》를 읽고 열심히 살자고 다짐했습니다. 유시민 작가의 《유시민의 글쓰기 특강》을 읽고 글쓰기, 책 쓰기에 관심을 갖게 됐습니다. 지금 이렇게 책을 쓸 수 있었던 것도 책에서 영향을 받았기 때문입니다. 책을 읽고 성장하며 책을 쓰고 경험을 나눠주는 하루하루가 좋습니다.

책 쓰기로 나와 남을 모두 변화시킬 수 있습니다. 당신의 글에 누군가는 감응합니다. 당신의 삶은 누군가에게 위안이 됩니다. 바로 지금입니다. 영향을 받는 입장에서 영향을 주는 입장으로 나아갈 순간이 되었습니다.

맺음말

"생각하는 대로 살지 않으면 사는 대로 생각하게 된다."

"아무것도 하지 않으면 아무 일도 일어나지 않는다. 무언가를 하면 무슨 일이 일어난다."

첫 번째 명언은 생각의 전환을, 두 번째 명언은 실천의 중요성을 강조합니다. 이 책에서 강조하고 싶은 것도 생각의 전환, 실천이었습니다. '내가 책을 쓸 수 있을까'에서 '나도 책을 쓸 수 있다.'로 생각을 바꾸는 것. 생각에 그치지 않고 실제로 글을 쓰는 것. 책 쓰기에 필요한 것도 생각의 전환, 실천 두 가지입니다. 그리고 두 가지 요소를 관통하는 핵심 키워드는 의지입니다.

책을 쓰는 방법은 단순합니다. 끝까지 의지를 잃지 않고 글을 쓰면 됩니다. 책을 쓰겠다고 마음먹었다면 진짜로 글을 써야 합니다. 생각만 하는 건 쉽습니다. 상상 속에서는 대통령도 될 수 있고 이상형과 데이트도 할 수 있고 값비싼 음식도 먹을 수 있습니다. 하물며 내 이름으로 된 책 출간쯤이야 식은 죽 먹기죠.

상상을 망상으로 끝내지 않으려면 생각에 그치지 않고 행동해야 합니다. 생각을 바꾸는 것도 중요하지만 실천이 더 중요합니다. 실천하기 위해서는 생각이 바뀌어야 하니 생각을 바꾸는 게 더 중요하다고 볼 수도 있겠죠. 그러나 생각한다고 반드시 실천할 수 있는 건 아닙니다.

생각은 실천을 부르지 못할 수도 있지만 실천은 새로운 생각을 부릅니다. 일단 실천하면 새로운 생각이 샘솟습니다. 생각은 또 실천을, 실천은 다시 생각을 부릅니다. 직장에서 새로운 아이디어를 끊임없이 제안하는 직원도 대단하지만 아이디어를 구체화하고 현실로 만드는 직원이 더 훌륭합니다. 빛 좋은 개살구가 되지 않으려면 무엇이든 '해야' 합니다. 책을 쓰려면 일단 써야 합니다.

제가 책을 쓸 수 있었던 것은 시도했기 때문입니다. 컴퓨터를 켜고 의자에 앉아 한글을 실행하고 키보드를 두드렸기 때문입니다. '책 써볼까'라는 생각만 8년 동안 했습니다. 생각을 실천으로 옮기는 데 무려 8년이 걸렸습니다. 그런데 한번 시작하니 계속 글을 쓰게 됩니다. 출간한 책이 한 권에서 두 권, 다섯 권이 되었습니다. 해마다 책을 내는 게 삶의 목표가 되었습니다.

이제 당신 차례입니다. 세상은 당신의 스토리를 기다리고 있습니다. 당신의 지식, 경험, 상상력을 마음껏 펼쳐보세요. 결과는 신경 쓰지 마세요. 결과와 상관없이 당신은 반드시 한 단계 나아집니다. 투자금 대비 수익률로 치면 무한대에 가까운 일이 책 쓰기 입니다.

실천은 변화를 부르고, 변화는 성장을 견인합니다. 책장을 덮고 곧바로 해야 할 일은 정해졌습니다. 행동해야 바뀝니다. 하느냐 마느냐가 내 미래를 바꿉니다. 책장을 덮고 해야 할 일은 단 하나입니다.

바로 실천하세요. 당신의 미래는 당신이 바꿉니다.

**월요일 아침이 두렵지 않은
직장인 책 쓰기**

초판발행일 | 2021년 9월 15일

지 은 이 | 조형근
펴 낸 이 | 배수현
표지디자인 | 유재헌
내지디자인 | 박수정
제　　작 | 송재호
홍　　보 | 배예영
물　　류 | 이우길, 이진주

펴 낸 곳 | 가나북스 www.gnbooks.co.kr
출 판 등 록 | 제393-2009-000012호
전　　화 | 031) 959-8833(代)
팩　　스 | 031) 959-8834

ISBN 979-11-6446-042-7(13800)

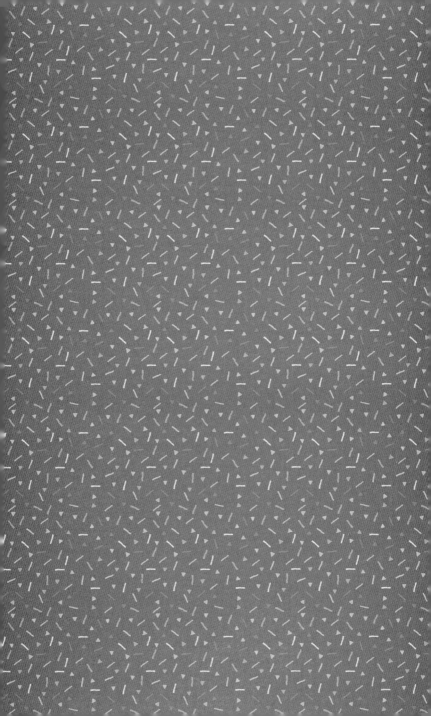

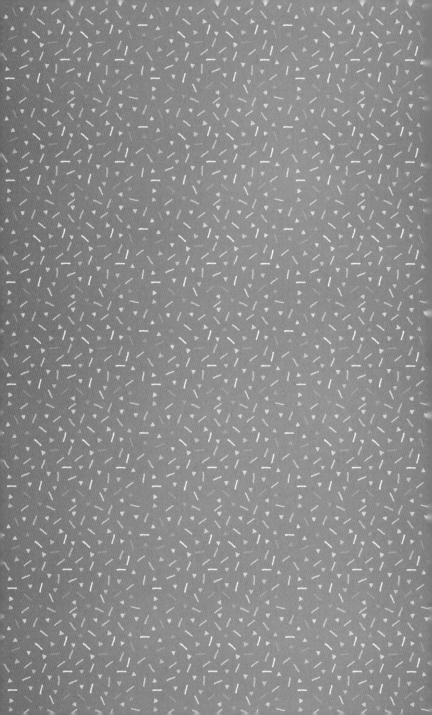